대답을 기다리듯,
아니 무언가에 항의하듯
그녀의 눈빛은 거듭고 슬펐기다

2022 가을에
무탈하시길 빌며

하는 가

채식주의자

素食者

[韩] 韩江 著　　胡椒筒 译

四川文艺出版社

目录

素食者

　　妻子吃素以前，我没有觉得她是一个特别的人。老实讲，初次见面时，我并没有被她吸引。不高不矮的个头、不长不短的头发、泛黄的皮肤上有满了角质，单眼皮和稍稍凸起的颧骨，一身生怕惹人注目的暗色系衣服。她踩着款式极简的黑皮鞋，不紧不慢地迈着平稳的步伐朝我所在的餐桌走了过来。

　　我之所以会跟这样的女人结婚，是因为她没有什么特别的魅力，同时也找不出什么特别的缺点。在她平凡的性格里，根本看不到令人眼前一亮、善于察言观色和成熟稳重的一面。正因为这样，我才觉得舒坦。如此一来，我就没有必要为了博取她的芳心而假装博学多才，也无须为约会迟到而手忙脚乱，更不用自讨没趣地拿自己跟时尚杂志里的男人做比较了。我那二十五岁之后隆起的小腹，和再怎么努力也长不出肌肉的纤瘦四肢，以及总是令我感到自卑的短小阴茎，这些对她来讲都是无关紧要的事。

　　我向来不喜欢夸张的东西。小时候，年长的我会带领比我小两三岁的家伙们玩耍；长大后，我考进了能领取丰厚奖学金的大学；毕业后，我进了一家珍视我微不足道能力的小公司，并为能够定期领取微薄的薪水而感到心满意足。正因为这样，跟世上最平凡的女子结婚便成了我顺理成章的选择。从一开始，那些用漂亮、聪明、娇艳和富家千金来形容的女子，只会让我感到不自在。

正如我期待的那样，她轻松地胜任了平凡妻子的角色。她每天早上六点起床，为我准备一桌有汤、有饭、有鱼的早餐，而且她从婚前一直做的副业也或多或少地贴补了家用。妻子曾在电脑绘图学校做过一年的助教，平时会接一些出版社的漫画稿，主要的工作是给对话框嵌入文字。

妻子少言寡语，很少开口向我提什么要求。即使我下班回来晚了，她也不会抱怨。有时难得周末两个人都在家，她也不会提议出门走走。整个下午，我拿着遥控器在客厅打滚的时候，她都闭门不出。我猜她是在工作或是在看书。说到兴趣爱好，她似乎只有看书而已，而且看的都是那些我连碰都不想碰的、枯燥无味的书。到了吃饭时间，她才会走出房间，一声不响地准备饭菜。坦白讲，跟这样的女人生活一点意思也没有。但看到那些为了确认丈夫行踪，一天到晚会给丈夫的同事或好友打上数通电话，或是定期发牢骚、找碴儿吵架的女人，我对这样的妻子简直感激不尽。

妻子只有一点跟其他人不同，那就是她不喜欢穿胸罩。在短暂且毫无激情的恋爱时期，有一次，我无意间把手放在了她的背上，当我发现隔着毛衣竟然摸不到胸罩的带子时，莫名地稍稍兴奋了起来。难道这是她在向我暗示什么吗？想到这，我不禁对她另眼相看。但据我观察的结果，她根本没有想要暗示什么。如果不是这样的话，难道只是因为她懒得穿，或是根本不在乎穿不穿胸罩这件事？与其这样，还不如在胸罩里加一张厚实点的胸垫。这样一来，跟朋友见面时，我也好显得有点面子。

婚后，妻子在家里干脆就不穿胸罩了。夏天外出时，为了遮掩圆而凸起的乳头，她才会勉强穿上胸罩。但不到一分钟，她就把胸罩后面的背钩解开了。如果是穿浅色的上衣或是稍微贴身的衣服，一眼就能看出来，但她毫不在意。面对我的指责，她宁可在暑天多套一件背心来取代胸罩。她的辩解是，自己难以忍受胸罩紧勒着乳房。我没有穿过胸罩，自然无从得知那有多难以忍受。但看到其他女人都没有像她这样讨厌穿胸罩，所以我才会对她的这种过激反应感到很诧异。

除此之外，一切都很顺利。今年，我们已步入婚姻生活的第五年，因为从一开始就没有热恋期，所以也不会迎来什么特别的倦怠期。直到去年秋天贷款买下这套房子前，我们一直推迟怀孕的计划，但我想现在是时候要个孩子了。直到二月的某天凌晨，我发现妻子穿着睡衣站在厨房前，我从未想过这样的生活会出现任何改变。

＊　　　＊　　　＊

"你站在那里做什么？"

我原本要打开浴室灯的手悬在了半空。当时是凌晨四点多，由于昨晚聚餐时喝了半瓶烧酒，我在感受到尿意和口渴后醒了过来。

"嗯？我问你在做什么？"

我忍受着阵阵寒意，望着妻子所在的方向。顿时，睡意和醉意全无了。妻子一动不动地看着冰箱。黑暗中，虽然看不清她的表情，我却感受到了一股莫名的恐惧。她披着一头蓬松且从未染过色的黑发，穿着一条垂到脚踝的白色睡裙，裙边还稍稍打着卷。

厨房比卧室冷很多。如果是平时，怕冷的妻子肯定会找来一件开衫披在身上，然后再找出绒毛拖鞋穿上。但不知她从何时光着脚，穿着春秋款的单薄睡衣，跟听不见我讲话似的愣愣地站在那里。仿佛冰箱那里站着一个我看不见的人，又或者是鬼。

搞什么？难道这就是传说中的梦游症？

妻子跟石像一样固定在原地，我走到她身边。

"你怎么了？这是做什么呢……"

当我把手放在她肩膀上时，她居然一点也不惊讶。她不是没有意识，她知道我走出卧室，向她发问，并且靠近她。她只是无视我的存在罢了。就像有时，她沉浸在深夜的电视剧里，即使听到我走进家门的动静也会装作看不见我一样。但眼下是在凌晨四点漆黑一片的厨房，面对四百升冰箱泛白的冰箱门，到底有什么能让她如此出神呢？

"老婆！"

我看到黑暗中她的侧脸，她紧闭着双唇，眼中闪烁着我从未见过的冷光。

"……我做了一个梦。"

她的声音清晰。

"梦？说什么呢？你看看这都几点了？"

她转过身来，缓慢地朝敞着门的卧室走去。她跨过门槛的同时，伸手轻轻地带上了门。我独自留在黑暗的厨房里，望着那扇吞噬了她白色背影的房门。

我打开灯，走进了浴室。连日来气温一直处在零下十几摄氏度，几个小时前我刚洗过澡，所以溅了水的拖鞋还是冰冷潮湿的。我从浴缸上方黑色的换气口、地面和墙壁上的白瓷砖，感受到了一种残酷季节的寂寞感。

当我回到卧室时，妻子一声不响地蜷缩在床上，就跟房间里只有我一个人似的。当然，这不过是我的错觉。屏住呼吸侧耳倾听，便会听到非常微弱的呼吸声，但这一点都不像熟睡的人发出的声音。只要我伸手就能触碰到妻子带有温度的身体，但不知道为什么，我不想碰她。甚至连一句话也不想跟她讲。

*　　*　　*

我躺在被子里怅然若失，迷茫地望着冬日晨光透过灰色的窗帘照进房间里。我抬头看了一眼挂钟，慌忙爬起来，夺门而出。妻子站在厨房的冰箱前。

"你疯了吗？怎么不叫醒我？现在都几点了……"

我踩到了什么软绵绵的东西，低头一看，简直不敢相信自己的眼睛。

妻子穿着昨晚那条睡裙，披着蓬松的头发蹲坐在地上。以她的身体为中心，整个厨房的地面上都是黑色、白色的塑胶袋和密封容器，连一处落脚的地方都没有。吃火锅用的牛肉、五花猪肉、两块硕大的牛腱、装在保鲜袋里的鱿鱼、住在乡下的岳母前阵子寄来的处理好的鳗鱼、用黄绳捆成串的黄花鱼、未拆封的冷冻水饺和一堆根本不知道装着什么的袋子。妻子正在把这些东西一个接一个地倒进大容量的垃圾袋。

"你这是在做什么？"

我终于失去理智，大喊起来。但她跟昨晚一样，依然无视我的存在，只顾忙着把那些牛肉、猪肉、切成块的鸡肉和少说也值二十万韩元的鳗鱼倒进垃圾袋。

"你疯了吗？为什么要把这些东西都扔掉？"

我扒开塑料袋一把抓住妻子的手腕。她的腕力大得出乎我的意料，我使出浑身力气才逼她放下了袋子。妻子用左手揉着被我掐红的右手腕，用一如既往沉稳的语气说：

"我做了一个梦。"

又是那句话。妻子面不改色地看着我。这时，我的手机响了。

我慌忙地去拿昨晚丢在客厅沙发上的外套，在内侧口袋里摸到了正在发出刺耳铃声的手机。

"对不起，家里出了点急事……真是对不起。我会尽快赶到的。不，我马上就能赶到。只要一会儿……不，您别这样，请再给我一点时间。真是对不起。是，我无话可说……"

我挂掉电话，立刻冲进浴室。由于一时手忙脚乱，刮胡子时划出了两道伤口。

"有没有熨好的衬衫？"

妻子没有回答。我一边破口大骂，一边在浴室门口盛放脏衣服的桶里翻出了昨天穿过的衬衫。还好没有太多折痕。就在我把领带像围巾一样挂在脖子上、穿上袜子、装好笔记本和钱包的时候，妻子仍待在厨房没有出来。这是结婚五年来，我第一次在没有妻子的照料和送别下出门上班。

"她这是疯了，彻底疯了。"

我穿上不久前新买的皮鞋。新鞋夹脚，我费了好大力气才把脚塞了进去。等我冲出玄关，看到电梯停在顶楼时，只好从三楼走楼梯下楼。当我跑进即将关上车门的地铁后，这才看到阴暗的车窗上映照出的脸。我理顺头发，系好领带，用手掌抹平衬衫上的皱褶。做完这些，我脑海中浮现出了妻子那张令人毛骨悚然的、面无表情的脸，以及僵硬的语气。

我做了一个梦。同样的话，妻子说了两遍。透过飞驰的车窗，我看到妻子的脸在黑暗的隧道里一闪而过。那张脸是如此陌生，就跟初次见面的人一样。然而，我必须在三十分钟内想好应该如何向客户辩解，以及修改好今天要介绍的方案。因此，我根本无暇去思考妻子异常的举动。我心想，无论如何今天都要早点回家，自从换了部门之后，我已经好几个月没有在十二点前下过班了。

*　　*　　*

那是一片黑暗的森林。四下无人。我一边扒开长着细尖叶子的树枝，一边往前走去。我的脸和胳膊都被划破了。我记得明明是跟同伴在一起的，现在却一个人迷了路。恐惧与寒冷包围着我，我穿过冻结的溪谷，发现了一处亮着灯、像是仓库的建筑物。我走上前，扒开草帘走进去，只见数百块硕大的、红彤彤的肉块吊在长长的竹竿上。有的肉块还在滴着鲜红的血。我扒开眼前数不尽的肉块向前走去，却怎么也找不到对面的出口。身上的白衣服早已被鲜血浸湿了。

　　我不知道自己是怎么从那里逃出来的。我逆流而上，跑了好一阵子。忽然，森林变得一片明亮，春日的树木郁郁葱葱。孩子成群结队，一股食物的香气扑鼻而来。我眼前出现了难以形容的灿烂光景，流淌着溪水的岸边，很多出来野餐的家庭围坐在地上，有的人吃着紫菜卷饭，有的人在一旁烤着肉。歌声和欢笑声不绝于耳。

　　我却感到很害怕，因为我浑身是血。趁没有人看到，我赶快躲到了一棵树的后面。我的双手和嘴巴里都是血，因为刚刚在仓库的时候，我吃了一块掉在地上的肉。我咀嚼着那块软乎乎的肉，咽下肉汁与血水。那时，我看到了仓库地面的血坑里映照出的那双闪闪发光的眼睛。

　　我无法忘记用牙齿咀嚼生肉时的口感，还有我那张脸和眼神。犹如初次见到这张脸，但那的确是我的脸。不，应该反过来讲，那是我见过无数次的脸，但那不是我的脸。我无法解释这种似曾相识又倍感陌生的感觉……也无法讲明那种既清晰又怪异和恐怖的感觉。

＊　　＊　　＊

妻子准备的晚餐只有生菜、大酱、泡菜和没有放牛肉或是蛤蜊的海带汤。

"搞什么？因为做了一个奇怪的梦就把肉都扔了？你知道那些肉值多少钱吗？"

我从椅子上站起来，打开冰箱冷冻室的门。果真都被清空了，里面只有多谷茶粉、辣椒粉、冷冻青椒和一袋蒜泥。

"至少给我煎个鸡蛋吧。我今天累坏了，连午饭都没好好吃。"

"鸡蛋也扔了。"

"什么？"

"牛奶也不会送来了。"

"真是荒唐无稽。你的意思是连我也不能吃肉了吗？"

"那些东西不能放在冰箱里，我受不了。"

她也太以自我为中心了吧。我盯着妻子的脸，她垂着眼皮，表情比平时还要平静。一切出乎我的意料，她竟会有如此自私、任性的一面。我怎么也没有想到她会是一个这么不理智的女人。

"你的意思是，从今往后家里都不吃肉了？"

"反正你只在家吃早餐，中午和晚上都能吃到肉……一顿不吃肉死不了人的。"

妻子应对得有条不紊，似乎认为自己的决定很理性、很妥当。

"好吧。就算我不吃，那你呢？从今天开始，你再也不吃肉了吗？"

她点了点头。

"哦？那到什么时候？"

"……永远不吃。"

我哑口无言。我知道最近流行吃素，人们为了健康长寿、改善过敏体质，或是为了保护环境而成为素食主义者。当然，还有遁入空门的僧人是为了遵守不杀生的戒律。但妻子又不是青春期的少女，她既不是为了减肥，也不是为了改善体质，更不可能是撞了邪。只不过是做了一个奇怪的梦，就要改变饮食习惯？而且她还彻底无视我的劝阻，固执得让人不可理喻！

如果一开始她就讨厌吃肉的话，我还可以理解，但结婚前她的胃口就很好。这也是我特别满意的一点。妻子烤肉的技术非常娴熟，她一手拿着钳子，一手拿着大剪子，剪排骨肉的架势相当稳重。婚后每逢周日，她都会大显身手做一桌美味佳肴，油炸用生姜末和糖浆腌制过的五花肉，香甜可口极了。她的独门绝技是在涮火锅用的牛肉上涂抹好胡椒、竹盐和芝麻油，再裹上一层糯米粉煎烤。她还会在碎牛肉和泡过水的白米里加入芝麻油，然后在上面铺一层豆芽，煮一锅香喷喷的豆芽拌饭。加入大块土豆的辣鸡肉汤也好吃得不得了，鸡肉十分入味，嫩肉里吸饱了辣汁汤头，我一顿饭就能吃下三大盘。

可是现在妻子准备的这桌饭菜都是些什么啊！她斜坐在椅子上，往嘴里送着令人食欲全无的海带汤。我把米饭和大酱包在生菜里，不满地咀嚼着。我突然意识到，自己竟然对眼前这个女人一无所知。

"你不吃了？"

她心不在焉地问道，口气跟抚养着四个小孩的中年女人一样。我怒瞪着她，她却毫不在意，嘎吱嘎吱地嚼了半天嘴巴里的泡菜。

*　　*　　*

直到春天，妻子也没有任何改变。虽然每天早上只吃蔬菜，但我已经不再抱怨了。如果一个人彻头彻尾地改变了，那么另一个人也只能随之改变。

妻子日渐消瘦，原本就突出的颧骨显得更加高耸了。如果不化妆，皮肤就跟病人一样苍白憔悴。大家若是都能像她这样戒掉肉的话，那世上就没有人为减肥苦恼了。但我知道，妻子消瘦的原因不是吃素，而是因为她做的梦。事实上，她几乎不睡觉了。

妻子并不是一个勤快的人。之前我深夜回到家，很多时候她都上床入睡了。但现在，就算我凌晨到家洗漱上床后，她也不会进卧室。她没有看书，也不会上网跟人聊天，更不要说看电视了，那份给漫画加对白的工作也不可能占用这么多的时间。

直到凌晨五点左右，她才会上床睡觉，但也只是似睡非睡地躺一个小时，然后很快地在短促的呻吟声中起床。每天早晨，她都是皮肤粗糙、披头散发、瞪着充血的眼睛为我准备早餐，而她连筷子也不动一下。

更让我头疼的是，她再也不肯跟我做爱了。从前，妻子总是二话不说地满足我，有时还会主动抚摩我的身体。可现在，连我的手碰到她的肩膀，她都会悄悄地躲闪。有一次，我忍不住问了她理由：

"这到底是为什么？"

"我累。"

"所以我才让你吃肉啊。不吃肉哪有力气，以前你可不是这样的。"

"其实……"

"嗯？"

"……其实是因为有味道。"

"味道？"

"肉味。你身上有肉味。"

我失声大笑起来。

"你刚才不是也看到了吗？我洗过澡了，哪儿来的味道啊？"

妻子一本正经地回答说：

"……你的每一个毛孔都在散发着那股味道。"

有时，我会萌生不祥的预感。难道这就是所谓的初期症状吗？如果妻子得了初期偏执症或妄想症，进而严重到神经衰弱的话……

可是我很难判断她是不是真的疯了。她跟往常一样少言寡语，也会做好家务。每逢周末，她会拌两样野菜，或是用蘑菇代替肉做一盘炒杂菜。如果考虑到当下流行吃素的话，她这么做也就不足为奇。但奇怪的是，她一直彻夜难眠，每天早晨面对她呆滞的表情，总会让人觉得她像是被什么附身了似的。如果我问她怎么了，她也只会回答说："我做了一个梦。"但我没有追问梦到了什么，因为我不想再听她说什么黑暗森林中的仓库和映射在血泊中的脸了。

妻子在我无法进入、无从得知，也不想了解的梦境中渐渐消瘦着。最初她像舞者一样纤细苗条，但到了后来则变得跟病人一样骨瘦如柴了。每当我萌生不祥的预感时，就会想方设法地安慰自己。在小城镇经营木材厂和小商店的岳父岳母、为人善良的大姨子和小舅子一家人，谁都不像是有精神疾病的人。

想起妻子的家人，自然会想到生火煮饭的场景和柴米油盐的味道。男人们围坐在客厅喝酒、烤肉的时候，女人们则聚在厨房里热热闹闹地聊天。一家人，特别是岳父最爱吃的就是凉拌牛肉，岳母还会切生鱼片，妻子和大姨子都能娴熟地挥舞四方形的专业切肉刀把生鸡大卸八块。最令我满意的是妻子的生活能力，因为她可以从容不迫地空手拍死几只蟑螂。她可是我在这世上挑了又挑的、再平凡不过的女子了。

就算她的状态实在令人起疑，我也不会考虑带她去看心理医生，或是接受任何治疗。虽然我可以对别人说"心理疾病不过是疾病中的一种，没什么大不了的"，但这种事当真发生在自己身上时，可就另当别论了。坦白讲，我对莫名其妙的事一点耐性也没有。

*　*　*

做那场梦的前一天早上，我切了冷冻的肉。你气急败坏地催促我：

"妈的，怎么这么磨蹭啊？"

你知道的，每当你要着急出门时，我就会手忙脚乱。我越是想快点，事情越是会变得乱七八糟，我慌张得仿佛变成了另外一个人。快，再快点，我握着刀的手忙个不停，后颈变得越来越烫。突然切菜板往前滑了一下，刀切到了手指。瞬间，刀刃掉了一块碴。

我举起食指，一滴血绽放开来，圆了，更圆了。我把食指含在口中，鲜红的颜色伴随着奇特而甜滋滋的味道让我镇定了下来。

你夹起第二块烤肉放进嘴里咀嚼，但很快就吐了出来。你挑出那块闪闪发光的东西，暴跳如雷地喊道：

"这是什么？这不是刀齿吗？"

我愣愣地看着一脸狰狞、大发雷霆的你。

"我要是吞下去了可怎么办？你差点害死我！"

不知道为什么，当时我一点也不吃惊，反而变得更沉着冷静了，就像有一只冰冷的手放在了我的额头上。周围的一切如同退潮般离我而去，餐桌、你、厨房里的所有家具。只有我和我坐的椅子留在了无限的空间里。

隔天凌晨，我第一次见到了仓库里的血泊和映在上面的那张脸。

$*$　　$*$　　$*$

"你嘴唇怎么了，没化妆吗？"

我脱下皮鞋。妻子穿着黑色风衣，惊慌失措地站在门口。我一把抓住她的胳膊，把她拽进了卧室。

"你是打算就这样出门吗？"

我们的身影映在化妆台的镜子里。

"重新化一下妆。"

妻子轻轻地甩开我的手。她打开粉饼把粉扑在脸上，上了一层粉后，她的脸就跟蒙了一层灰的布娃娃一样。她又拿起经常涂的珊瑚色口红涂在嘴唇上，这才勉强看起来不像是病人苍白的脸了。我也跟着松了一口气。

"要迟到了，抓紧时间吧。"

我走在前面打开玄关门，按了电梯的按钮后，焦躁地看着她磨磨蹭蹭地穿上那双蓝色的运动鞋。风衣搭配运动鞋，面对这种不伦不类的打扮，我也束手无策。因为她没有皮鞋，所有的皮革制品都被她扔掉了。

我上车发动引擎后，打开了交通广播，因为想确认一下社长预约的韩定食餐厅周边的路况。我系好安全带，拉下侧闸。妻子这才打开车门，带着一股寒气坐到了副驾驶座上，然后慢吞吞地系好安全带。

"今天一定要好好表现。这是我们社长第一次叫科长级的人参加夫妻聚会，我可是第一人，这说明他很欣赏我。"

我们绕小路抄了近道，一路加速才提前赶到了那栋附带停车场的豪华双层餐厅。

早春的气温还很低，身穿单薄大衣的妻子站在晚风中瑟瑟发抖。一路上，她都没有讲话。不过她向来如此，所以我也没太在意。少言寡语是好事，长辈们都喜欢沉默寡言的女人。想到这，我原本不安的心也就平静了。

社长、常务和专务夫妻比我们早到一步，部长一家人也随后赶到了。大家彼此打过招呼后，我和妻子脱下外衣挂在了衣架上。眉毛修得纤细、戴着一条硕大的翡翠项链的社长夫人把我和妻子带到餐桌前，其他人都跟这家餐厅的常客一样显得十分放松。我抬头看了一眼颇有古风韵味的天花板，又瞟了一眼石质鱼缸里的金鱼，然后坐了下来。就在我无意中看向妻子的刹那，她的胸部映入了我的眼帘。

妻子穿着一件紧身的黑衬衫，可以很明显地看到两颗乳头凸起的轮廓。毫无疑问，她没有穿胸罩。当我转过头窥视大家的反应时，正好撞上了专务夫人的视线。我看得出她故作泰然的眼神里夹杂着好奇与惊讶，甚至还有一丝轻蔑。

我感到脸颊发烫。妻子没有参与女人们的交谈，只是呆呆地坐在那里。我意识到所有人的视线都落在了妻子身上，但我只能调整心态让自己平静下来，因为当下尽量保持自然才是上策。

"这个地方好找吧？"

社长夫人问我。

"之前路过这里一次，当时觉得前院很好看，还想过进来看看呢。"

"噢，是吗……庭院设计得很不错，白天就更美了。从那扇窗户还能看到花坛呢。"

我们正说着，菜就上来了。我勉强维持的淡定就这样彻底毁于一旦了。

摆在我们面前的第一道料理是荡平菜。这是一道用凉粉、香菇和牛肉凉拌的清淡菜肴。当服务生拿起汤匙准备为妻子分餐的时候，坐在椅子上一直没有开口的她突然低声说道：

"我不吃。"

虽然她的声音非常小，但在座的人都停下了手中的动作，大家诧异的视线集中在了妻子身上，这次她提高了嗓音大声说：

"我，不吃肉。"

"原来你是素食主义者啊？"

社长用豪放的语气问道。

"国外有很多严格的素食主义者，国内好像也开始流行吃素了。特别是最近媒体总是报道吃肉的负面消息……要想长寿，必须戒肉，这也不是毫无道理。"

"话虽如此，可一点肉也不吃的话，那人还能活下去吗？"社长夫人面带笑容地附和道。

妻子的盘中空无一物，服务生为其他九个人填满盘子后，悄然退下了。大家的话题自然而然地转到了素食主义上。

"前不久，不是发现了一具五千年前人类的木乃伊吗？据说在木乃伊身上找到了狩猎的痕迹。这就证明了吃肉是人类的本性，吃素等于是违背本能，显然是有违常理的。"

"听说是因为四像体质[1]，所以最近才有很多人开始吃素……我也看了很多医生，想搞清楚自己的体质，可一家一个说法。每次看完医生，虽然都有调整饮食，但心里始终觉得不踏实……最后觉得还是均衡饮食最合理。"

"不挑食，什么都吃的人才健康，不是吗？什么都吃才能证明身心健康啊。"

刚才就一直瞟着妻子胸部的专务夫人说道。很明显，她这是把矛头对准了妻子。

---

1 译注："四像体质"出自朝鲜王朝末期的哲学家兼医学家李济马在一八九四年所著的《东医寿世保元》，基于早前学习到的《周易》和《黄帝内经》，钻研出新的理论内容，将人的体质以脏腑的大小和强弱分为阴中之阳、阴中之阴、阳中之阴、阳中之阳。即，少阴人、太阴人、少阳人、太阳人四种不同的类型。

"你为什么吃素啊？为了健康……还是因为宗教信仰呢？"

"都不是。"

妻子似乎没有意识到今晚的聚餐对我有多重要，她泰然自若地轻声开了口。但我突然起了一身的鸡皮疙瘩，因为我猜到了她要讲什么。

"……因为我做了一个梦。"

我赶快岔开话题说：

"我太太一直患有肠胃病，睡眠也不太好。但自从听了医生的建议以后，戒了肉才大有好转了。"

在座的人这才点头表示理解。

"真是万幸。我从来没有跟真正的素食主义者吃过饭。想到跟那些讨厌看到我吃肉的人一起吃饭，就够可怕的了。那些出于精神上的理由选择吃素的人，多少都会厌恶吃肉吧？你们说呢？"

"这就像你把还在蠕动的章鱼缠绕在筷子上，然后一口吞进嘴里津津有味地吃着，坐在对面的女人却像看到了禽兽一样盯着你。感觉应该跟这差不多吧？"

所有人都哈哈大笑起来，我也附和着大家笑了出来。但我意识到妻子没有笑，她根本没有在听大家讲话，她一直盯着残留在每个人嘴唇上的芝麻油，而在座的人正因此而感到不快。

下一道菜是干烹鸡，然后是金枪鱼片。在大家尽情享用美食期间，妻子连筷子都没有动一下。那两颗如同橡子般的乳头在她的衬衫里呼之欲出，她的视线却一直追随着其他人的嘴唇和一举一动。

十多种美味佳肴都上齐了，直到聚餐结束，妻子吃到的东西只有色拉、泡菜和南瓜粥。她连味道独特的糯米汤圆粥也没尝一口，只因为那是用肉汤熬煮而成的。在座的人渐渐忽略了妻子的存在，大家聊得欢天喜地，同情我的人偶尔会问我些无关痛痒的问题，但我知道大家已经开始对我敬而远之了。

饭后甜品上来的时候，妻子只吃了一块苹果和橙子。

"你不饿吗？我看你都没怎么吃东西。"

社长夫人用花哨的社交口吻问候了妻子。但妻子没有作答，她只是面无表情地默默注视着那个女人优雅的脸庞。她的眼神扫了在场所有人的兴。她知道这是怎样的一个场合吗？她知道眼前的中年女人是谁吗？刹那间，我觉得妻子的脑袋、我从未进入过的脑袋就是一个深不见底的深渊。

* * *

必须采取些措施了。

那晚发生的事令我狼狈不堪。开车回家的路上，我一直在思考，妻子却无动于衷，似乎完全不知道自己搞砸了什么事。

她歪斜着身体，将脸靠在车窗上，看起来疲惫不堪。如果按我以往的性格，早就暴跳如雷了。你是想我被公司解雇吗？看看你今天都做了些什么！

但直觉告诉我，此时不管我做什么都毫无意义。任何愤怒和劝解都不可能动摇她，事态已经发展到了令我束手无策的地步。

妻子洗漱后换上睡衣，但她没有进卧室，而是走到自己的房间。我在客厅里踱来踱去，然后拿起了电话，打给住在远方小城镇的岳母。虽然时间尚早，还不到上床睡觉的时间，岳母的声音却昏昏沉沉的。

"你们都好吧？最近都没有你们的消息。"

"对不起，我工作太忙了。岳父身体怎么样？"

"我们还不是老样子。你工作都还顺利吧？"

我迟疑片刻，回答道："我很好，只是英惠……"

"英惠怎么了？出什么事了吗？"

岳母的声音里带有几分担心。虽然她平时看起来并不怎么关心二女儿，但毕竟妻子也是她的亲骨肉。

"英惠不肯吃肉。"

"什么？"

"她一口肉也不吃，只吃素，这都好几个月了。"

"这是怎么回事？她该不是在减肥吧？"

"不知道。不管我怎么劝，她都不听。因为英惠，我已经好久没在家里吃过肉了。"

岳母张口结舌，我趁机强调说："您不知道英惠的身体变得多虚弱了。"

"这孩子太不像话了，让她来听电话。"

"她已经睡下了，明天一早我让她打给您。"

"不用。明天早上我再打过来好了。这孩子可真不叫人省心……我真是没脸见你啊。"

挂断电话后，我翻了翻笔记本，然后拨通了大姨子的电话。四岁的小外甥接起电话大叫了一声："喂？"

"让你妈妈来听电话。"

大姨子跟妻子长得很像，但她的眼睛更大、更漂亮，重点是，她比妻子更有女人味。大姨子很快接过话筒。

"喂？"

大姨子讲电话时掺杂的鼻音，总是能刺激到我的性欲。我用刚才跟岳母说话的方式告知了她妻子吃素的事，得到相同的惊讶、道歉和许诺后，结束了通话。我迟疑了一下要不要再打给小舅子，但我觉得这样做未免过了头，于是放下了电话。

　　　　　　　　　＊　　＊　　＊

　　我又做了一个梦。

　　有人杀了人，然后有人不留痕迹地毁尸灭迹。醒来的瞬间，我却什么都记不得了。人是我杀的？不然，我是那个死掉的人？如果我杀了人，死在我手里的人又是谁呢？难道是你？应该是我很熟悉的人。再不然，是你杀了我……那毁尸灭迹的人又是谁呢？那个第三者肯定不是我或你……我记得凶器是一把铁锹，死者被一把硕大的铁锹击中头部而死。钝重的回声，瞬间金属撞击头部的弹性……倒在黑暗中的影子是如此清晰。

　　我不是第一次做这种梦了。这个梦不知道做了多少次。就像喝醉酒时，总能想起之前醉酒时的样子一样，我在梦里想起了之前做过的梦。不知道是谁一次又一次地杀死了某个人。恍恍惚惚的、无法掌握的……却能清楚地记得那种令人毛骨悚然的真实感。

　　没有人可以理解吧？从前我就很害怕看到有人在菜板上挥刀，不管持刀的人是姐姐，还是妈妈。我无法解释那种难以忍受的厌恶之情，但这反倒促使我更亲切地对待她们。即使是这样，昨天梦里出现的凶手和死者也不是妈妈或姐姐。只是说她们和梦里那种令人毛骨悚然的、肮脏的、恐怖的、残忍的感觉很像。亲手杀人和被杀的感觉，若不曾经历便无法感受的那种……坚定的、幻灭的，像是留有余温的血一样的感觉。

这到底是为什么呢？所有的一切让人感到陌生，我仿佛置身在某种物体的背面，像是被关在了一扇没有把手的门后。不，或许从一开始我就置身于此了，只是现在才醒悟到这一点罢了。一望无际的黑暗，所有的一切黑压压地揉成了一团。

* * *

跟我期待的相反，岳母和大姨子的劝说并没有对妻子的饮食习惯带来任何影响。每逢周末，岳母便会打来电话问我：

"英惠还是不肯吃肉吗？"

就连向来不给我们打电话的岳父也动了怒。坐在一旁的我听到岳父在电话另一头的怒吼声。

"你这是闹什么，就算你不吃肉，可你那年轻气盛的老公怎么办？"

妻子没有任何反应，只是默默地听着话筒。

"怎么不讲话，你有没有在听啊？"

厨房的汤锅煮沸了，妻子一声不响地把电话放在桌子上，转身走进了厨房，之后就再也没回来。不知情的岳父可怜地嘶吼着。我只好拿起电话说：

　　"爸，对不起。"

　　"不关你的事，是我对不起你。"

　　我大吃一惊。因为结婚五年来，我从未听过大男子主义的岳父用充满歉意的口吻跟我讲话。岳父讲话从来不顾及他人的感受，他人生里最大的骄傲就是参加过越战，并且获得过荣誉勋章。岳父平时讲话的嗓门非常大，由此可见他是一个坚持己见、顽固不化的人。"想当年，我一个人独挡七个越南兵……"这样开头的故事，就连我这个做女婿的也听过两三次了。据说，妻子被这样的父亲打小腿肚一直打到了十八岁。

　　"……下个月我们会去首尔，到时候我们再坐下来好好谈吧。"

　　岳母的生日在六月份。由于二老住得远，所以每年住在首尔的子女都是寄些礼物，然后再打电话为他们贺寿。但这次刚好大姨子家在五月初换了大房子，岳父、岳母为了参观新房也顺便给岳母过生日，所以决定来一趟首尔。即将到来的六月第二个星期日，算是妻子娘家历年来少有的大型聚会。虽然谁也没开口说什么，但我知道全家人已经做好了在当天斥责妻子的准备。

　　不知妻子对此事是否知情，她还是安然自得地过着每一天。除了有意回避与我同床这件事——她干脆穿着牛仔裤睡觉了。在外人眼里，我们还算是一对正常的夫妻。有别于从前，她的身体日渐消瘦。每天清晨，我关掉闹钟起床时，都会看到她睁着双眼直挺挺地躺在那里。除此以外，一切都和从前一样。自从上次参加过公司的聚餐后，有一段时间大家都对我心存质疑。但当我负责的项目取得了令人刮目相看的业绩以后，一切又恢复了以往的平静。

我偶尔会想，像这样跟奇怪的女人生活也没有什么不好。权当她是个外人，不，看成为我洗衣煮饭、打扫房间的姐姐，或是保姆也不错。但问题是，对于一个年轻气盛，虽然觉得日子过得沉闷，但还是想维持婚姻的男人而言，长期禁欲是难以忍受的一件事。有一次，我因为公司聚餐很晚回到家，借着酒劲扑倒了妻子。当我按住她拼命反抗的胳膊，扒下她的裤子时，竟然感受到了一种莫名的快感。我低声谩骂拼死挣扎的妻子，试了三次才成功。此时的妻子面无表情地躺在黑暗中凝视着天花板。一切结束后，她立刻转过身，用被子蒙住了脸。我去洗澡的时候，她收拾了残局。等我回到床上时，她就跟什么事也没有发生过一样，闭眼平躺着。

每当这时，我都会有一种诡异且不祥的预感。虽然我是一个从未有过什么预感，而且对周围环境也不敏感的人，卧室的黑暗和寂静却让我感到不寒而栗。第二天一早，妻子坐在餐桌前紧闭着双唇，看到她那张丝毫听不进任何劝解的脸时，我也难掩自己的厌恶之情了。她那副像是历经过千难万险、饱经风霜的表情，简直令我厌恶不已。

距离家庭聚会还剩三天。当天傍晚，首尔提早迎来了酷暑，各大办公楼和商场都开了空调。我在公司吹了一天冷气回到家，打开玄关门看到妻子的瞬间，我立刻关上了门。因为我们住在走廊式的公寓里，所以我怕经过的人看到她这副模样。妻子穿着浅灰色的纯棉裤子，赤裸着上半身，正背靠电视柜坐在地上削着土豆皮。只见她那清晰可见的锁骨下方，点缀着两个由于脂肪过度流失而只有轻微隆起的乳房。

"你为什么不穿衣服啊？"

我强颜欢笑地问道。妻子头也不抬，一边削着土豆皮一边回答说：

"热。"

我咬紧牙关，在心里呐喊：抬头看我！抬头对我笑笑，告诉我这不过是个玩笑。但妻子没有笑。当时是晚上八点，阳台的门敞着，家里一点也不热，而且她的肩膀上起了鸡皮疙瘩。报纸上堆满了土豆皮，三十多颗土豆也堆成了一座小山。

"削这么多土豆做什么？"

我故作淡定地问她。

"蒸来吃。"

"全部吗？"

"嗯。"

我扑哧笑了出来，内心期待着她能学我笑一下。但是她并没有，她甚至都没抬头看我一眼。

"我只是有点饿而已。"

*　　*　　*

我在梦里用刀砍断某人的脖子，由于没有一刀砍断，所以不得不抓着他的头发切下连在一起的部分。每当我把滑溜溜的眼球放在手上时，就会从梦中醒来。清醒的时候，我会想杀死在我面前晃来晃去的鸽子，也会想勒死邻居家养了多年的猫。当我腿脚颤抖、冷汗直流的时候，仿佛变成了另外一个人。似乎有人附在了我的体内，吞噬了我的灵魂，每当这时……

我的口腔里溢满了口水。走过肉店的时候，我会捂住嘴巴。因为从舌根冒出的口水会浸湿我的嘴唇，然后从我的唇缝里溢出来。

*　　*　　*

如果能入睡、如果能失去意识，哪怕只有一个小时……我在无数个夜里醒来，赤脚徘徊的夜晚，整个房间冷得就跟凉掉的饭和汤一样。黑暗的窗户外伸手不见五指。昏暗处的玄关门偶尔发出吱嘎吱嘎的响声，但没有人敲门。回到卧室把手伸进被子里，一切都凉了。

*　　*　　*

如今，我连五分钟的睡眠都无法维持。刚入睡就会做梦，不，那根本不能称为梦。简短的画面断断续续地向我扑来，先是禽兽闪着光的眼睛，然后是流淌的血和破裂的头盖骨，最后出现的又是禽兽的眼睛。那双眼睛好似是从我肚子里爬出来的一样。我颤抖着睁开眼睛，看了看自己的双手，我想知道指甲是否还柔软，牙齿是否还温顺。

我能相信的，只有我的胸部，我喜欢我的乳房，因为它没有任何杀伤力。手、脚、牙齿和三寸之舌，甚至连一个眼神都会成为杀戮或伤害人的凶器。但乳房不会，只要拥有圆挺的乳房我就心满意足了。可是为什么它变得越来越消瘦了呢？它再也不像从前那样圆挺了。怎么回事，为什么我越来越瘦了？我变得如此锋利，难道是为了刺穿什么吗？

*　　*　　*

这套采光很好的南向公寓位于十七楼，虽然前面的楼挡住了视野，但后面的窗户可以遥望到远处的山脚。

"以后你们就无忧无虑了，这下总算安家落户了。"岳父拿起筷子，说道。

大姨子从结婚前开始经营化妆品店，这套公寓完全是靠她的收入买下的。直到临盆前，店面已经扩大到了原来的三倍。生完孩子后，她只能每晚抽空到店里照看一下生意。不久前，孩子满三岁上了幼儿园，她才能全天待在店里照看生意。

我很羡慕姐夫。虽说他毕业于美术大学，自诩为画家，但对家里的生计毫无贡献。虽然他继承了些遗产，但钱只出不进的话，早晚也会见底的。多亏了能干的大姨子，他这辈子都可以安枕无忧地搞自己的艺术了。而且，大姨子跟从前的妻子一样拥有一手好厨艺，看到她午餐准备了一大桌的美味佳肴，我不禁感到饥饿难耐了。望着大姨子丰腴的身材和双眼皮的大眼睛，听着她和蔼可亲的口吻，我不禁为人生里流逝的且不曾察觉到的很多东西感到很遗憾。

妻子没说一句像是"房子很不错啊""准备午餐辛苦了"之类的客套话，她一声不响地坐在那里吃着白饭和泡菜。除此之外，没有她能吃的东西。她连以鸡蛋为原料的美乃滋都不吃，所以自然不会去夹看起来很诱人的色拉。

由于长期失眠，妻子的脸显得十分暗沉。如果是陌生人，一定会觉得她是一个重病患者。她跟往常一样没有穿胸罩，只

套了一件白 T 恤。仔细看的话，便能看到胸前像污斑一样的淡
褐色乳头。刚才进门时，大姨子直接把她拽进了卧室，但没一
会儿就看到大姨子面带难色地走了出来。看来妻子还是不肯穿
胸罩。

"这里的房价是多少啊？"

"我昨天在房屋中介网站上看到，这套公寓已经涨了
五千万韩元，听说明年地铁也会完工。"

"姐夫太有本事了。"

"我什么都没做，这都是你大姐一手操办的。"

大家其乐融融地你一言我一语东聊西聊着，孩子们嘴里嚼
着食物，在屋子里跑来跑去。我开口问道：

"大姐，这么一大桌子菜都是你一个人准备的？"

她笑了笑，说：

"嗯，我从前天开始一道一道准备的。那个凉拌牡蛎，是
我特意去市场买来给英惠做的。她以前可爱吃了……可今天怎
么连碰都不碰啊？"

我屏住了呼吸。暴风雨终于来了。

"我说英惠啊，我跟你说了那么多话，你也应该……"

岳父一声呵斥后，大姨子紧随其后责备道："你到底想怎
样啊？人必须摄取所需的营养……你非要坚持吃素的话，也得
有一个营养均衡的菜单吧。看看你的脸都成什么样子了？"

弟妹也帮腔说：

"我都快认不出二姐了。虽然听说你在吃素，可没想到这素吃得都伤了身子啊。"

"从现在开始，不许你再吃素了！这个、这个，还有这个，赶快给我吃掉。家里又不是吃不起饭，你这算什么事啊！"

岳母把盛有炒牛肉、糖醋肉、炖鸡和章鱼面的盘子推到妻子面前说道。

"愣着干什么？还不快吃！"

岳父大发雷霆地催促道。

"英惠啊，吃肉才能有力气，人活在世，要有活力啊。那些遁入佛门的僧侣也都是靠修行和独身生活才活下去的啊。"

大姨子沉住气劝说着妻子。孩子们瞪大眼睛望着妻子。妻子一脸不知所措的表情，呆呆地看着全家人的脸。

一阵紧张的沉默。我环视了一圈，在座的每一个人——岳父那张晒得黝黑的脸；岳母仿佛从未年轻过的脸上满是皱纹，眼中充满了担忧；大姨子惆怅的两撇浓眉；姐夫所展现的旁观者的态度，以及小舅子夫妻俩消极且不以为然的表情全都被我看在眼里。我期待着妻子能说点什么，她却用放下手中的筷子回应了所有人用表情传达出的信息。

一阵小骚动过后，这次岳母用筷子夹起一块糖醋肉，送到妻子嘴边：

"来，张嘴，吃一口吧。"

妻子紧闭双唇，用费解的眼神望着自己的母亲。

"快张嘴。不喜欢吃这个？那换这个。"

岳母这次夹起了炒牛肉。见妻子还是不肯张嘴，她又放下炒牛肉，然后夹起了凉拌牡蛎。

"你从小就喜欢吃这个，还说过要吃到腻为止……"

"对，我也记得，所以不管走到哪里只要看到牡蛎，我就会想起英惠。"

大姨子帮腔的口气，听起来就跟妻子不吃凉拌牡蛎等于是出了什么大事一样。当夹在岳母筷子上的牡蛎朝妻子的嘴巴逼近时，妻子用力往后倾了一下身子。

"赶快吃吧，我的手都酸了……"

我看到岳母的胳膊在颤抖。妻子从椅子上站了起来。

"我不吃。"

妻子的嘴里第一次传出了清楚的声音。

"什么！"

有着相同火暴脾气的岳父和小舅子不约而同地发出了怒吼声。弟妹赶紧抓住小舅子的胳膊。

"瞧你这副德行，简直是要气死我。我讲的话，你也不听了是吧？我让你吃，就赶紧吃！"

我本以为妻子会说"爸，对不起，我不想吃"。她却用没有一丝歉意的口吻淡定地说：

"我，不吃肉。"

绝望的岳母无奈地放下了筷子，她那苍老的脸马上就要哭出来了。屋子里充斥着暴风雨前的寂静。岳父拿起筷子，夹了一块糖醋肉，绕过餐桌走到妻子面前。

一辈子的劳动铸造了岳父坚实的体魄，但岁月不饶人，只见驼着背的他把糖醋肉送到妻子面前说：

"吃吧，听爸的话，赶快吃下去。我这都是为了你好，这要是得了什么病可如何是好啊？"

岳父的这份父爱感动得我心头一热，眼眶不自觉地湿润了。大概在座的所有人也都被这一幕感动了。妻子却用手推开了半空中微微颤抖的筷子。

"爸，我不吃肉！"

瞬间，岳父强有力的手掌劈开了虚空。妻子的手捂住了侧脸。

"爸！"

大姨子大叫一声，立刻抓住了岳父的手臂。显然岳父的怒火尚未退去，他的双唇还在微微地抽动着。虽然我对岳父的暴脾气早有耳闻，但今天还是第一次看到他动手打人。

"小郑，英浩，你们过来！"

我犹豫不决地走到妻子身边。妻子面红耳赤，可见岳父的一巴掌打得有多狠。这一巴掌仿佛打破了妻子的平静，她不停地喘着粗气。

"你们抓住英惠的胳膊。"

"嗯？"

"她只要吃一口，就会重新吃肉的，这世上哪有不吃肉的人！"

小舅子一脸不满地站了起来。

"二姐，你就识相点，吃一口吧。哪怕是装装样子也好啊。你非要在爸面前这样吗？"

岳父大吼一声：

"少说废话，赶快抓住她。小郑，你也动手！"

"爸，别这样。"

大姨子拽着岳父的右胳膊。岳父干脆丢掉手里的筷子，用手抓了一把糖醋肉逼近妻子。小舅子上前一把抓住弓着腰往后退的妻子。

"二姐，你就听爸的，赶快自己接过来吃吧。"

大姨子哀求道：

"爸，求你别这样。"

小舅子抓住妻子的力量远比大姨子拽着岳父的力气大，只见岳父一把甩开大姨子，硬是把手里的糖醋肉往妻子的嘴里塞去。妻子紧闭着嘴，连连发出呻吟声。她有话要说，但又害怕一旦开口，那些肉会塞进嘴里。

"爸！"

虽然小舅子也大喊着想阻止父亲，但他并没有松开抓着妻子的手。

"呃……呃……嗯！"

妻子痛苦地挣扎着，岳父用糖醋肉使劲捻着她的嘴唇。纵使岳父用强有力的手指掰开了妻子的双唇，但还是无法抠开她紧咬着的牙齿。

怒发冲冠的岳父再次动怒，又一巴掌打在了妻子的脸上。

"爸！"

大姨子赶快上前抱住了岳父的腰，但他还是趁妻子嘴巴张开的瞬间把糖醋肉塞了进去。就在那一刻，小舅子松开了手。妻子发出咆哮声，吐出了嘴里的肉，如同野兽般的尖叫声从她嘴里爆发了出来。

"……让开！"

我还以为妻子蜷着身体要跑去玄关，谁知她一转身拿起了放在餐桌上的水果刀。

"英、英惠！"

岳母似断非断的呼喊声在紧张的寂静表面划下了一道裂痕。孩子们放声大哭了起来。

妻子咬紧牙关，凝视着一双双瞪着自己的眼睛，举起了刀。

"拦下……"

"快！"

妻子的手腕像喷泉一样涌出了鲜血，鲜红的血好似雨水一般滴在了白色的盘子上。一直坐在那里旁观的姐夫冲上前，从跪倒在地的妻子手里夺下了水果刀。

"还愣着干吗！快去拿条毛巾来！"

不愧是特种部队出身，姐夫以熟练的动作帮妻子止血后，一把背起了妻子。

"你赶快下楼发动引擎！"

我手忙脚乱地找着皮鞋，慌忙之中竟然凑不成双，穿错两次以后，这才夺门而出。

* 　　* 　　*

……那只咬了我腿的狗被爸爸绑在了摩托车后面。爸爸用火把那只狗尾巴上的毛烧焦后贴在我的伤口处，再用绷带包扎好。九岁的我站在大门口，那是一个炎热的夏天，即使一动不动也会汗流浃背。那只狗耷拉着红色的舌头，热得直喘粗气。那是一只块头比我还大、长相俊俏的白狗。在它没有咬主人的女儿以前，可是一只在邻里之间出了名的聪明伶俐的小家伙。

爸爸说，不会把它吊在树上边打边用火烧。不知他从哪儿听来的，跑死的狗的肉更嫩更香。爸爸发动了摩托车，那只狗跟在后面。他们绕着同一个路线跑了两三圈，我一动不动地站在大门口望着那只渐渐筋疲力尽、气喘吁吁，甚至已经翻了白眼的白狗。每当跟它四目相对时，我都会对它竖眉瞪眼。

你这该死的狗，居然敢咬我！

转完第五圈后，那只狗开始口吐白沫，被绳子紧绑的脖子也开始流血了。因为疼痛，它哼哼呀呀地叫着，但爸爸始终没有停下来。第六圈，狗嘴里吐出了黑血，脖子和嘴巴都在流血。我直挺着身子站在原地，直勾勾地看着它那双闪着光的眼睛。当我等待着它第七圈经过的时候，看到的却是爸爸用摩托车载着奄奄一息的它。我目不转睛地看着它那垂摆的四肢和满含血泪的、半闭的眼睛。

那天晚上，我们家大摆筵席，市场巷弄里凡是打过招呼的叔叔都来了。他们说要想治愈狗咬伤，就必须吃狗肉，所以我也吃了一口。不，其实我是吃了一整碗狗肉汤饭。紫苏粉也没能彻底盖住狗肉那股刺鼻的膻味。至今我还记得那碗汤饭和那只边跑边口吐鲜血、白沫的狗，还有它望着我的眼睛。但我不在乎，真的一点都不在乎。

*　*　*

　　女人们留在家里哄着受到惊吓的孩子，小舅子也留在家里照顾昏厥中的岳母，姐夫和我把妻子送到了附近的医院急诊室。直到她度过危险期，移送到普通的双人病房后，我们这才意识到衣服上的血迹已经干了，显得皱皱巴巴。

　　昏睡中的妻子右胳膊上打着点滴。我和姐夫默默地望着她的脸，仿佛那张脸上写着答案，只要一直盯着看就能找出来似的。

　　"姐夫，你先回去吧。"

　　"……嗯。"

　　他像是有话要说，但始终没有说出口。我从口袋里掏出两万韩元递给他：

　　"不要这样回去，先去商店买件衣服吧。"

　　"那你呢？……啊，等智宇妈过来的时候，让她带件我的衣服给你。"

　　傍晚时分，大姨子和小舅子夫妻来到医院。小舅子说，岳父大受打击，还在家中休息。岳母死活非要跟过来，但还是被他们阻止了。

　　"这到底是什么事啊？怎么能在孩子面前……"

　　劳妹吓哭了，哭得眼睛红肿，妆也哭花了。

"公公也真是的，怎么能在女婿面前打女儿呢？他老人家以前也这样吗？"

"我爸是个急性子……看看你们家英浩不就知道了？如今上了年纪，已经好很多了。"

"干吗扯上我啊？"

"加上英惠从小就没顶撞过他，所以他也是一时惊慌。"

"公公逼二姐吃肉是过分，可她死活不吃也不对吧？再说了，她拿刀干什么呀……这种事，我长这么大还是第一次遇到，这让我以后可怎么面对她啊。"

趁着大姨子在看护妻子，我换上姐夫的衬衫后去了附近的汗蒸幕。淋浴喷头流出的温水冲走了已经凝固的黑色血渍，充满怀疑的目光从四面八方向我射来。我觉得好恶心，所有的一切都令我生厌。这太不现实了。比起惊吓和困惑，我的内心只有对妻子的憎恶之情。

大姨子走后，双人病房里只剩下我和妻子，还有因肠破裂住进来的高中女学生和她的父母。我守在妻子枕边，但还是可以意识到他们投来的异样眼光和窃窃私语。这漫长的星期天就要结束了，我即将迎来崭新的星期一，这表示我再也不用守着这个女人了。明天大姨子会待在医院，后天妻子就可以出院了。然而，出院就意味着我要跟这个既奇怪又恐怖的女人住在同一个屋檐下。这让我难以接受。

第二天晚上九点，我来到病房。大姨子面带笑容地迎接了我。

"很累吧？"

"孩子呢……"

"你姐夫在家看孩子。"

如果公司晚上有聚餐就好了，那我就不会在这个时间出现在医院了。但今天是星期一，找不到任何借口。前不久刚结束了一个项目，所以连班也不用加了。

"英惠怎么样了？"

"一直睡着，问她什么也不说。但饭都吃了……应该没什么大碍。"

大姨子特有的温柔口吻总是令我心动，此时此刻这多少安抚了我敏感的情绪。送走大姨子后，我呆坐了一阵子，就在我解开领带打算去洗漱时，有人轻轻敲了一下病房的门。

出乎我的意料，岳母来了。

"……我真是没脸见你。"

这是岳母走进病房后对我说的第一句话。

"别这样讲。您身体怎么样了？"

岳母长叹一口气。

"没想到我们晚年竟然会遇上这种事……"

岳母把手里的购物袋递给我。

"这是什么？"

"来之前准备的黑山羊汤，听说英惠好几个月没吃肉了，怕她身子骨虚……你们一起喝吧。我瞒着仁惠带出来的，你就告诉英惠这是中药。里面加了很多中药材，应该闻不出味道。你看她瘦得跟鬼似的，这次又流了那么多血……"

这种坚韧不拔的母爱真是让我吓破了胆。

"这里没有微波炉吧？我去护士站问问。"

岳母从袋子里取出一包黑山羊汤走了出去。我把手里的领带卷成一团，刚刚被大姨子安抚平稳的心又开始混乱了。没过多久，妻子醒了。还好眼下不是只有我一个人，这多少让我为岳母的出现感到庆幸。

妻子醒来后最先看到的人不是坐在她脚边的我，而是岳母。岳母刚开门进来，看到醒来的妻子一时难掩又惊又喜的神色，但妻子的表情却让人读不懂。她躺在床上睡了一整天，不知是打点滴的原因，还是单纯的水肿，整张脸看起来白胖些了。

岳母一手拿着还在冒着热气的纸杯，另一只手握住了妻子的手。

"你这孩子……"

泪水在岳母的眼眶里打着转。

"喝一点吧。瞧你的脸多憔悴啊。"

妻子乖乖地接过纸杯。

"这是中药。妈为了给你补身子，特地去抓的。你忘啦，你结婚以前不是也喝过中药吗？"

妻子把鼻子凑到杯口闻了一下，然后摇了摇头。

"这不是中药。"

妻子面露平静且凄凉的神情，用看似带有怜悯的眼神望着岳母，然后把纸杯还给了她。

"是中药。捏着鼻子一口气喝下去。"

"我不喝。"

"喝一点，妈求你了。你这是想急死我啊？"

岳母把纸杯送到妻子嘴边。

"真的是中药？"

"都说是了。"

犹豫不决的妻子用手捏着鼻子，喝了一口黑色的液体。岳母笑容满面地说："再喝，再喝一口。"她那双眼睛在布满皱纹的眼皮下闪了一下光。

"先放着，我等会儿再喝。"

妻子又躺了下去。

"你想吃什么？妈去给你买点甜的东西来？"

"不用了。"

岳母问我哪里有商店，然后匆忙地走出了病房。妻子见岳母离开，马上掀开被子坐了起来。

"你去哪儿？"

"厕所。"

我举着点滴袋跟她走出病房。她把点滴袋挂在厕所的门上，然后反锁上门。伴随着几声呻吟，她把胃里的东西都吐了出来。

妻子拖着无力的双腿走出厕所，身上散发着难闻的胃液和食物酸臭的气味。我没有帮她提点滴袋，她自己用绑着绷带的左手举着，但由于高度不够，血液渐渐出现了逆流。她蹒跚地挪动着步子，用插着针头的右手提起岳母放在地上的那袋黑山羊汤。虽然右手打着点滴，但她却不以为意。我看着她提着袋子走出病房，但我一点也不想知道她要做什么。

没过多久，岳母闯了进来，刺耳的开门声让同屋的高中女生和她的父母皱起了眉头。只见岳母一手提着零食，另一只手提着已被黑色液体浸湿的购物袋。

"小郑，你怎么能看着不管呢？她要做什么，你应该知道的啊？"

此时此刻，我真想夺门而出跑回家去。

"……你，你知道这多少钱吗？竟然丢掉？这可都是爸妈的血汗钱。你还是不是我的女儿啊？"

我望着弯腰站在门口的妻子，只见血已经逆流进了点滴袋。

"瞧瞧你这副德行，你现在不吃肉，全世界的人就会把你吃掉！照镜子看看你这张脸都变成什么样了。"

岳母清脆的嗓音渐渐变成了低低的哭声。

然而妻子却像看着一个陌生人哭泣似的，漠然地经过岳母身旁回到了床上，她把被子拉到胸口，然后闭上了双眼。我这才把装有半袋暗红色血的点滴袋挂了回去。

＊　　＊　　＊

我不知道那个女人为什么哭泣，也不知道她为什么要一口把我吃掉似的盯着我，更不知道她为什么要用颤抖的手来抚摩我绑着绷带的手腕。

我的手腕并无大碍，一点也不痛，痛的是我的心，好像有什么东西塞在了胸口。那是什么，我也不得而知。不知道从什么时候开始，它就在那里了。现在即使不穿胸罩，我也能感觉到那里有一块东西。不管我怎么深呼吸，都觉得胸口很闷。

某种咆哮和呼喊层层重叠在一起，它们充斥着我的内心。是肉，因为我吃过太多的肉。没错，那些生命原封不动地留在了我心里。血与肉消化后流淌在身体的每一个角落，虽然残渣排泄到了体外，但那些生命仍旧留在了那里。

我想大喊，哪怕只有一次。我想冲出窗外的黑暗。如果这样做，那块东西就会从我体内消失吗？真的可以吗？

没有人可以帮我。

没有人可以救我。

没有人可以让我呼吸。

*　　*　　*

我叫了辆出租车送走了岳母。回来后，病房里一片漆黑。被吵到的高中女生和她的母亲早早地关掉了电视和灯，并围起了隔帘。妻子已经入睡，我蜷缩着身体躺在陪护床上等待着睡意来袭。我不知道为什么会走到今天这一步，也对此时的状况毫无头绪，但有一点是可以肯定的，那就是这种事不该发生在我身上。

睡着后，我恍惚做了一个梦。梦里，我正在杀人。我用刀子剖开那个人的腹部，掏出又长又弯曲的内脏，像处理活鱼一样只留下骨头，把软乎乎的肉都剔了下来。但我杀的人是谁，却在醒来的那一刻忘记了。

凌晨，四下一片漆黑。在一种诡异冲动的驱使下，我掀开盖在妻子身上的被子，用手在黑暗中摸索了一番。没有淋漓的鲜血，也没有溢出的内脏。隔壁病床传来粗野的呼吸声，但妻

子却显得异常安静。一种莫名的恐惧促使我伸出食指靠近妻子
的鼻孔，她还活着。

　　我又睡着了。等我再次醒来时，病房已经很亮堂了。

　　"不知你睡得多沉……连送早饭都不知道。"

　　高中女学生的母亲用充满同情的口吻对我说道。我看到餐
盘放在床上，妻子一口没动。她拔掉了点滴，不知道人去哪儿
了，只见长长的塑胶点滴管的针头上还带着血。

　　"请问，她去哪儿了？"

　　我擦了擦嘴角的口水痕迹问道。

　　"我们醒来的时候她人就不见了。"

　　"什么？那您怎么不叫醒我呢！"

　　"看你睡得那么沉……我们哪知道她一去不回啊。"

　　高中女学生的母亲面露难色，略显生气似的涨红了脸。

　　我简单整理好衣服冲了出去，经过长长的走廊和电梯口，
我四下张望也没找到妻子。我感到焦虑万分。我跟公司请了两
个小时的假，打算利用这段时间去办理妻子的出院手续。我已
经想好了，等一下回家的路上，我必须对妻子和自己说：权当
这是一场梦。

　　我搭电梯来到一楼，可在大厅也没有找到她。我气喘吁吁
地跑到医院的院子里，只见很多吃过早餐的病人也都出来透气

了，从他们脸上倦怠、阴郁和平静的神情便可以看出哪些人是长期住院的病人。当我走到已经不再喷水的喷泉附近时，看到一群人熙熙攘攘地聚在一起。我扒开他们的肩膀往前走去。

"她从什么时候坐在这里的啊？"

"天哪……看来是从精神病区跑出来的吧。这么年轻的女人。"

"她手里握着的是什么？"

"什么也没有吧？"

"有的，你看她死死地攥着拳头呢！"

"啊，你们看，终于来人了。"

我转过头，只见表情严肃的男护士和中年警卫跑了过来。

我就跟事不关己的旁观者一样无动于衷地望着眼前的光景，我看着她疲惫不堪的脸和像是用口红乱抹的、沾有鲜血的嘴唇。她呆呆地望着围观的人群，饱含着泪水的双眼终于与我四目相对了。

我觉得自己不认识这个女人了。我没有说谎，这是事实。但是出于责任的驱使我迈开像是灌了铅的双腿朝她走了过去。

"老婆，你这是在做什么？"

我一边轻声问她，一边拿起她膝盖上的病人服遮住了她那不堪入目的胸部。

"太热……"

妻子淡淡地笑了笑。那笑容是我曾经深信不疑的、特别朴素的微笑。

"只是热，所以脱了。"

她抬起留有清晰刀痕的左手，遮挡着照射在额头上的阳光。

"……不可以这样吗？"

我扒开妻子紧攥的右手，一只被掐在虎口窒息而死的鸟掉在了长椅上。那是一只掉了很多羽毛的暗绿绣眼鸟，它身上留有捕食者咬噬的牙印，红色的血迹清晰地漫延开来。

胎
记

＊　　＊　　＊

　　深紫色的幕布遮住了舞台，半裸的舞者用力地挥着手，直到观众再也看不到自己的身影为止。观众席上响起雷鸣般的掌声，时而夹杂着"Bravo！"的喝彩声，但舞者并没有返回舞台谢幕。欢呼声瞬间消失，观众一个接一个地拿起大衣和行李，朝通道走去。他也放下跷着的二郎腿，起身站了起来。在观众欢呼的五分多钟时间里，他没有鼓一下掌，而是抱着双臂，默默地望着舞者们渴望热烈喝彩的眼睛和嘴唇。舞者们的辛苦表演，令他心生怜悯与敬意，但他却不想自己的掌声传进编舞家的耳朵里。

　　穿过剧场外的大厅时，他瞥了一眼已是无用之物的演出海报。几天前在书店偶然看到那张海报的时候，他还为之全身颤抖。那时他生怕错过刚才最后一场演出，还急急忙忙地打电话订了票。海报上赤裸的男女斜坐在那里，背对着镜头。可以看到从他们的脖颈到臀部围满了色彩艳丽的花朵与根茎，以及茂盛的绿叶。他站在那张海报前，感到既兴奋又不安，莫名地像是被什么压倒了似的。他无法相信的是，自己沉迷了一年多的画面竟然会通过素未谋面的编舞家表达出来。究竟自己脑海中的画面会呈现出来吗？直到灯光变暗、演出正式开始前，他紧张得连一口水也没喝。

但演出令他大失所望。他故意绕开大厅里身着华丽服饰的舞者们，朝连接着地铁站出口的方向走了去。在几分钟前的剧场里，在电子音乐、绚丽的服饰、夸张的裸露和带有性暗示的动作里，都没有他在寻找的东西。他苦苦寻觅的，是更安静的、更隐秘的、更迷人的和更深奥的某种东西。

星期天下午的地铁很冷清，他手里拿着印有跟海报相同照片的册子站在门口处。妻子和五岁的儿子都在家里，妻子因为平时工作忙，所以想多利用周末的时间陪伴家人。他明知道妻子的一番苦心，但为了看这场演出，还是浪费了大半天的时间。可是这样有什么收获吗？如果非要说有的话，那就是让他再次尝到了幻灭的滋味，并且领悟到了那件事非自己不可。自己的梦想，怎么可能指望别人来完成呢？不久前，他在日本艺术家 Y 的装置艺术作品中看到相似的影像作品时，也感受到了同样的失落感。在拍下乱交场面的录像带中，十几名满身画有五颜六色彩绘的男女就像被扔在岸边的鱼儿一样来回翻滚，他们在迷幻的音乐声中互相探索着彼此的身体。当然，他的内心

也有着同样的饥渴，但他并不想表达得那么赤裸。很明显，这
也不是他想要的。

　　不知不觉间，地铁已经抵达他居住的社区，但他根本没有
要下车的意思。他把演出的册子塞进斜挎在肩膀的背包里，两
手插进夹克的口袋，凝视着映照在车窗上的画面。他很容易便
接受了眼前的事实——车窗上那个用棒球帽遮掩稀疏的头发、
用夹克遮挡松弛小腹的中年男人就是自己。

　　　　　　　　*　　　*　　　*

　　工作室的门刚好锁着，星期天下午几乎是他唯一可以独自
使用工作室的时间。K 集团作为赞助艺术活动的企业，专门为
四名影像艺术家在总部大楼的地下二楼准备了八坪[1]大小的空
间作为工作室。四名艺术家在这里利用各自的电脑进行创作活
动，可以无偿使用集团赞助的高级设备已经令人感激不尽了，
但对于他这种只有独处才能全心投入创作的敏感性格来讲，多
少还是存在着不便之处的。

　　伴随着轻快的开锁声，门开了。他在黑暗中摸着墙壁，打
开了灯。锁上门后，他摘下棒球帽，脱掉夹克，放下了背包。

1　1 坪约合 3.3 平方米。

他在工作室狭窄的走廊里踱起了步子，然后坐回电脑前用双手抱住了头。他打开背包，取出刚才演出的册子、素描本和母带。那盘标签上写有他的名字、住址和电话的母带记录了十年来的创作作品。最后一次把完成的作品存进这盘母带，已是两年前的事了。虽然两年算不上是致命的休息时间，但这段空白期足以让他焦虑难安了。

他打开素描本，里面有十几张画。这些画与海报的整体气氛和触感截然不同，但在构思上却显得极为相似。一丝不挂的男女满身画有绚丽多彩、柔和、圆润的花瓣，他们赤裸裸地交融在一起。假若不是舞者干瘦的身材，那肌肉紧绷的大腿和臀部则更容易让人联想到挑逗性的春宫图。舞者的脸部没有画任何的色彩，他们的专业和淡定足以抵消那些令人想入非非的因素。

去年冬天，他脑海里突然浮现出了那幅画面。某种预感告诉他，长达一年的空白期就要结束了，他感受到能量正在体内蠢蠢欲动、汇集而出。他没有想到那竟然是一幅打破常规的画面。在此之前，他的作品都在反映现实，他擅长利用 3D 影像和纪实性的镜头来捕捉人们在后期资本主义社会磨损并撕裂的日常。因此，这种充满肉欲性的画面对他而言，简直就和怪物一样。

其实，那幅画面本不会出现在他的脑海里。如果那个星

期天，妻子没有让他给儿子洗澡；如果他没有用大浴巾裹住
儿子走出浴室，并在看到儿子穿内裤时说："胎记怎么还那么
大，到底什么时候才会消失啊？"如果妻子没有漫不经心地回
答："谁知道……我也记不清了。不过英惠到了二十岁还有胎
记呢。"如果面对他的疑惑，妻子没有追加描述说："嗯，有拇
指那么大，绿色的，可能现在还有吧。"假如没有发生这件事，
那么女人臀部绽放花朵的画面也不会成为刺激他灵感的瞬间。
小姨子臀部上仍留有胎记的事实与赤裸的男女满身画满花朵交
融的场面，以不可思议的方式清晰且准确地形成了因果关系，
烙印在了他的脑海里。

　　那本素描本中的女人，虽然没有画脸，但很明显就是小
姨子。不，一定得是小姨子才行。他想象着从未见过的小姨
子的裸体，开始动笔描画。当画出臀部上像绿叶一样的胎记
时，他体验到了轻微的战栗和勃起。那是他在婚后，特别是过
了三十五岁之后，初次对特定的对象产生强烈的性欲。既然是
这样，那么画中像掐着女人脖子般紧紧抱住她的男人又是谁
呢？他清楚地知道那是自己，而且必须是自己。当想到这里
时，他的表情变得狰狞扭曲了。

*　　*　　*

　　他一直苦苦寻找着答案，寻找着从这幅画面解脱出来的方法。对他而言，没有任何一幅画面可以取代它，因为再也找不出比它更强烈、更有魅力的画面了。除了这幅画面，他不想尝试其他任何的创作。所有的展览、电影和演出都变得索然无味，只因那都不是这幅画面。

　　为了呈现这幅画面，他像做白日梦一样在脑海里反复琢磨着。他跟画画的朋友借用画室安装照明，然后准备好体绘的颜料和铺在地上的白床垫……当一切准备就绪后，他才发现还剩下最重要的一个环节——说服小姨子。他苦恼了很久，也想过是否可以请其他人来代替小姨子。但他突然意识到真正的问题是，自己怎么才能演绎出这部无可厚非的作品呢？即使不是小姨子，其他女人也不会答应的。那如果高额聘请专业的演员呢？退一万步想，就算这部作品完成了，可它真的能展示于世人面前吗？在此之前，他曾经想过自己会因拍摄反映社会话题的作品而招致祸端，却从未想过会因拍摄淫秽作品而招致世人的唾骂。在创作的过程中，他向来随心所欲，甚至从未想过自己的无限自由会受到限制。

　　如果不是那幅画面，他大可不必体会这些焦虑不安、痛苦的自我怀疑和自我审查，更不必担心会因此失去家庭。因为自己的选择，极有可能毁掉过去所有的成就，即使这些成就没有什么了不起。太多东西在他体内出现了裂痕。自己是一个正常人吗？自己是一个具有端正的道德观念的人吗？自己有强大的自我控制能力吗？曾经对这些问题怀揣明确答案的他，如今再也给不出肯定的回答了。

"咔嗒"，听到钥匙开门的声音，他立刻收起了素描本，他不希望别人看到自己的画。曾经喜欢向人展示作画和想法的他对自己做出的这种反应感到十分陌生。

"前辈！"

走进来的人是扎着马尾的后辈 J。

"哎呀，我还以为没人呢！"

J 伸了一个懒腰，笑着对他说。

"喝咖啡吗？"

J 边从口袋里掏出硬币边问道。他点了点头。J 去买咖啡的时候，他环视了一圈再也不属于自己的工作室。为了不让别人看到自己稀疏的头顶，他又戴上了棒球帽。他觉得压抑已久的呐喊像咳嗽一样要爆发出来了，于是手忙脚乱地把东西塞进包里走出了工作室。为了不撞见 J，他快步走到安全楼梯对面的电梯。他看到跟镜子一样光溜的电梯门上映出了自己的脸，布满血丝的双眼像是哭过似的。可不管怎么回想，刚才在工作室都没有流过泪。他突然很想冲着那双布满血丝的眼睛吐口水，想把那长满胡楂的双颊抽到血迹斑斑，想用穿着皮鞋的脚踩烂因欲望而嘟起的丑陋嘴唇。

＊　　＊　　＊

"这么晚。"

妻子极力掩饰着不悦的神色，儿子也只是抬头看了他一眼，然后又聚精会神地玩起了手中的塑胶挖掘机。

妻子在大学路经营一家化妆品店。儿子出生后，她把店交给店员打理，自己只在晚上过去清账。自从去年儿子上了幼儿园以后，她又开始自己打理起了店里的生意。工作虽然很辛苦，但妻子天生就很有耐性。她对丈夫只有一个要求，那就是空出星期日全天的时间。"我也想休息……难道你不需要跟儿子相处的时间吗？"他心知肚明，能够分担妻子劳苦的人只有自己。他对从未有过一句怨言、总是一个人任劳任怨地照顾家里和小店的妻子感激不尽。但最近每当看到妻子，他都会想起小姨子的脸，所以在家的每一秒都让他觉得很不自在。

"晚饭吃了吗？"

"随便吃了一口。"

"你要正经吃饭，怎么能随便对付呢。"

他用陌生的眼神望着妻子疲惫不堪且对自己略感无奈的

脸，二十岁出头做的双眼皮手术随着时间的推移越来越自然，这让她的双眼显得更深邃、更真切了。那略显消瘦的双颊和颈部的线条也很迷人。姑且不谈别的，结婚前仅有两坪半的小店，之所以能有今日的规模完全得益于她那温柔的形象。但他一开始就知道，妻子身上某种说不清楚的东西偏离了自己的喜好。妻子的长相、身材和善解人意的性格都很符合自己一直寻找的配偶条件，因此在没想明白那东西是什么之前就决定结婚了。但在第一次见到小姨子的家庭聚会上，他这才确切地搞清楚了那东西意味着什么。

小姨子的单眼皮，讲话时没有鼻音且略显粗糙直率的声音，以及朴素的着装和极具中性魅力的颧骨，所有的一切都很讨他的喜欢。跟妻子相比，小姨子的外貌并不出众，但他却从小姨子的身上感受到了某种树木未经修剪过的野生力量。他并非从那时开始就对小姨子心存不轨，那会儿他只是很欣赏她。虽说姐妹俩有很多相似之处，但感觉却存在着微妙的差异。

"用不用给你准备晚饭？"

妻子催促地问。

"都说吃过了。"

内心的混乱令他感到疲惫，他打开浴室的门，就在打开灯的瞬间，妻子的自言自语传进了他的耳朵。

"英惠的事就够让人心烦了，你又一整天不接电话，孩子感冒还总是黏着我……"

妻子叹了一口气，然后冲着儿子喊道：

"磨蹭什么呢，还不过来吃药。"

妻子知道再怎么叫孩子过来，他也只会赖在原地不动，于是她把药粉倒在汤匙上，然后加了几滴草莓色的糖浆。他关上浴室的门走过去问妻子：

"英惠怎么了？又出什么事了？"

"他们最后还是办了离婚手续。虽说不是不能理解小郑，可他也太无情了。什么夫妻关系，我看都是虚无缥缈的。"

"不然我……"

他结结巴巴地说：

"不然我去找英惠聊聊？"

顿时，妻子脸上有了神采。

"那太好了！我让她来我们家，可怎么也叫不动她。如果你去找她，看在你的面子上……哎，虽然她也不在乎这些。真不知道她怎么就变成这样了。"

他一边看着很重感情的妻子端着那汤匙药小心翼翼地走向儿子，一边在心里想，妻子是个好女人，从始至终她都是一个好女人。正因为她太好了，反而让自己觉得很烦闷。

"我明天就给她打个电话。"

"我把她的号码给你。"

"不用，我有。"

他隐隐感到心潮澎湃，随手关上了浴室的门。淋浴喷出的水伴随着嘈杂声落在了浴缸里，他望着四溅的水珠脱掉了衣服。他知道已经差不多两个月没有跟妻子做爱了，但他更清楚的是，此时勃起的性器并非因为妻子。

他回忆着很久以前跟妻子去过小姨子的住处，见到蜷缩在床上的她。在那之前，他背起浑身是血的她，真切地感受到了胸部和臀部的触感，以及只要脱下那层裤子，就能看到像烙印一样的胎记。想到这些，他浑身上下的血液似乎都聚集到了那里。

他一边咀嚼着这些幻想，一边站在原地自慰。随后他走到淋浴下，用水冲洗着喷射而出的精液。由于水温过凉，他发出了似哭似笑的呻吟声。

＊　　＊　　＊

两年前的初夏，小姨子在他家割了腕。为了庆祝他们家的乔迁之喜，妻子娘家人齐聚宽敞明亮的新居共进午餐。妻子的娘家人特别喜欢吃肉，但不知从何时起，小姨子改吃起了素，她的反常举动惹恼了包括岳父在内的所有娘家人。因为吃素，小姨子变得日渐消瘦，所以大家责备她也是可以理解的。但参加过越南战争的岳父却动手打了不肯吃肉的小姨子耳光，还抓着一把肉硬是塞进了她的嘴里。那一幕简直就跟荒谬的电视剧剧情一样，让人难以置信。

但比那一幕更鲜明、更触目惊心的是小姨子在那瞬间发出的惨叫声。她吐出嘴里的肉，然后举起水果刀，恶狠狠地轮流盯着自己的家人。她就像一头被逼入绝境的野兽，不安地翻着白眼。

当鲜血从她的手腕喷射四溅时，他毫不迟疑地冲上前去，用撕下的布条捆绑住她的手腕，然后一把背起了轻得吓人的她。当他一口气跑到停车场时，这才讶异地意识到自己居然有如此惊人的决断力和爆发力。

在目睹昏睡的小姨子接受紧急治疗的时候，他听到啪的一声响，仿佛有什么东西从自己的体内蹿了出来。至今为止，他也无法准确地描述那是怎样的一种感觉。有人在他面前像丢垃圾一样丢弃了自己的生命，那个人的血浸湿了自己的白衬衫，血与汗交融在一起渐渐干枯成了褐色的痕迹。

他希望小姨子能活下来，但与此同时他思考起了那意味着什么。小姨子抛弃自己生命的瞬间，似乎成了她人生的一个转折点。没有人可以帮助她。对她来说，所有人——强迫她吃肉的父母、旁观的丈夫和兄弟姐妹——他们都是彻彻底底的外人，抑或是敌人。眼下就算她醒来了，情况也不会有任何的改变。虽然这次是冲动性的尝试，但肯定还会有下次的，说不定到时候她会做好周全的准备，排除周围所有的干扰。他忽然意识到，其实自己并不希望她醒来，再次醒来，反倒会让情况变得更加茫然和腻烦。也许他想把醒来的她丢出窗外也说不定。

　　小姨子度过危险期后，他用妹夫给的钱在医院的商店买了一件衬衫换上，但他没有把那件散发着血腥味的衬衫丢掉，而是把它团作一团拿在手里直接上了出租车。坐在车里，他想起了自己完成的最后一部作品。令他感到惊讶的是，那些画面竟然会在记忆深处给自己带来如此难以忍受的痛苦。那部作品捕捉了很多令他觉得虚假和令人生厌的东西，乱七八糟的广告、电视剧、新闻、政客的嘴脸、坍塌的大桥和百货公司，以及流浪街头的街友和身患绝症的孩子的泪水，他利用音乐和字幕剪辑串联起了所有的画面。

　　他突然觉得反胃，因为他从那些画面里感受到了憎恶、幻灭和痛苦。与此同时，那些夜以继日为了表达这些感情的瞬间也像一种暴力刺激着他。那一刻，他的精神似乎超越了某种界限，他恨不得猛地打开车门，冲到柏油马路上翻滚。他再也无法忍受那些现实中的场景了。换句话说，当他有能力处理那些画面时，并没有心生厌恶之情。又或者说，当时并没有从那些画面里感受到威胁。但就在他闻到小姨子血腥味的瞬间，在那个午后闷热的出租车里，所有的画面都对他造成了威胁。他想吐，甚至感到无法呼吸。就在那时，他萌生了或许未来很长一段时间都无法创作的想法，他变得筋疲力尽、感到人生乏味，再也无法忍受人生承载的一切了。

十多年来，他创作的所有作品都在悄然地弃他而去。那些作品再也不是他的了，而是变成了他认识的，或者似曾相识的某一个人的作品。

*　　*　　*

电话另一端的小姨子明明接起了电话，却没有出声。他隐约听到她轻微的呼吸声，还有什么东西嘎吱嘎吱地作响。

"喂？"

他勉强开了口。

"英惠，是我。你在听吗？你姐……"

他鄙视自己，对自己的伪善和策略感到毛骨悚然。但他继续说道：

"我们很担心你。"

面对没有任何回应的话筒，他叹了一口气。想必现在的小姨子也跟往常一样赤着脚。她结束了数月的医院生活后，妹夫表示，与其跟她生活在一起，还不如让自己也住进医院。在娘家人轮番上阵劝说妹夫期间，小姨子暂时住进了他们家。在她找到房子搬出去以前，他们相处了一个月的时间。这一个月里他并没有觉得不便和麻烦，因为那是在听闻胎记的事以前，所以他只是对她充满了怜悯和困惑。

小姨子原本就沉默寡言，晚秋的白天她都坐在阳台晒太阳，她会用手捏碎从花盆掉落下来的枯叶，或是张开手掌利用阴影做出各种图形。妻子忙得腾不出手脚的时候，她还会带智宇去浴室，光着脚站在冰凉的瓷砖上帮孩子洗脸。

他无法相信这样的她曾试图自杀，更加无法相信的是，她会袒胸露背、泰然自若地坐在众人面前。也许那是一种自杀未遂后的错乱症状。虽然是自己背着浑身是血的她跑进医院，而且那件事对他造成了强烈的影响，但他始终觉得背起的是别的女人，抑或是在另一个时间段经历过的事。

如果说现在的她还有什么特别之处，那就是她依然不肯吃肉。起初因为她不吃肉引发了家庭矛盾，之后又出现了袒胸露背的怪异举动。正因为这样，妹夫把依旧不肯吃肉这件事当成了她没有恢复正常的证据。

"她只是表面看起来很温顺。她本来就精神恍惚，现在每天吃药人变得更呆滞了，病情根本没有一点好转。"

但令他感到困惑的是，小姨子的丈夫竟然会以理所当然的态度抛弃妻子，就跟随手丢弃坏掉的手表或家电一样。

"你们不要把我看成卑鄙的家伙。所有人都知道，我才是最大的受害者。"

妹夫的话不是全无道理，所以他有别于妻子，选择了中立的态度。妻子哀求妹夫不要正式办理离婚手续，先冷静观察一阵子，但妹夫的态度依旧十分冷淡。

妹夫的额头特别窄，还长着尖下巴，给他留下了极为刚愎自用的第一印象。他抹去脑海里那张没有任何好感的脸，再次对电话另一头的她说：

"英惠，你倒是讲话啊，随便说点什么都行。"

就在他犹豫要不要挂断电话的时候，微弱的声音传了出来。

"……水开了。"

小姨子的声音像羽毛一样没有重量，既不阴郁也不像病人那样呆滞。但这并不意味着明朗与轻快。那是一种不属于任何地方，像是达到了某种境界的人才有的淡然声音。

"我得去熄火。"

"英惠，我……"

他感觉她就要挂断电话，于是赶忙说道：

"我现在过去，可以吗？你今天不出门吧？"

短暂的沉默后，电话挂断了。他放下话筒，发现自己的手心都是汗。

＊　　＊　　＊

　　他对小姨子产生异样的感情，是在妻子提及胎记之后。也就是说，在那之前他对小姨子从未有过半点非分之想。如今，每当他回想起小姨子住在家里时的一举一动，便会有一种刺激性的快感贯穿自己的全身。她坐在阳台张开双手做出各种手影时的入迷表情；帮儿子洗漱时宽松的运动裤下露出的白皙脚踝；斜靠在沙发上看电视时半开的双腿，以及散乱的头发……每当想起这些，他的身体都会不由得发烫。但在这些记忆之上，都印有那块别人早已退化的、从身体上消失的、只存在于儿子屁股和后背的胎记。他至今还记得第一次触摸到新生儿屁股时，柔软的触感带来的喜悦。那种喜悦与这些记忆重叠在一起，使得那从未见过的臀部在自己的内心深处散发出了透明的光亮。

　　如今她不吃肉，只吃谷物和蔬菜。这让他觉得与那块如同绿叶般的胎记相辅相成，构成了一幅最完美的画面。从她的动脉喷出的鲜血浸湿了他的白衬衫，然后又凝固成了红豆粥色的血渍，这些都让他觉得是一种无法用命运来解释的、令人震撼的暗示。

　　她住在位于 D 女子大学附近的小巷里。按照妻子的嘱咐，他双手提着满满的水果来到一栋公寓的门口。济州岛产的橘子、苹果和梨，还有不是当季水果的草莓。虽然他感到提着水果的手和胳膊阵阵酸痛，但还是站在原地犹豫不决起来。因为想到等下走进她的房间，将要面对她，一种近似于恐惧的紧张感便油然而生。

结果他还是放下了手里的水果，然后掏出手机拨打了她的电话。在铃声响十次以前，她是不会接电话的。他重新拎起水果开始爬楼梯，来到三楼的转角处，按了一下画有十六分音符的门铃。如他所料，没有人来应门。他转了一下门把手，门意外地开了。为了擦拭满头的冷汗，他摘掉棒球帽，然后又立刻戴了回去。他站在门口整理好衣服，做了一个深呼吸，然后开门走了进去。

*　　*　　*

十月初的秋日阳光照进朝南的一居室套房，光线一直延伸至厨房，带给人一种宁静的感觉。也许妻子把自己的衣服给了小姨子，所以他才觉得地上的衣服很眼熟。虽然地上有几团手指大小的灰尘，但整间屋子没有凌乱的感觉，这可能是因为没什么家具吧。

他把双手提着的水果放在玄关处，脱下皮鞋走进了屋里，屋内没有任何的动静。人去哪儿了呢？难道是知道自己要来，所以出门了？房间里没有电视，首先进入眼帘的是两个插座和一旁的电线，卧室兼客厅的一侧放着妻子安装的电话，另一侧有一张床垫，上面放有一张蓬松成洞穴模样的被子，像有人刚从里面钻出来似的。

他觉得房间里的空气有些浑浊，正把阳台的窗户开到一半时，突然察觉到背后有动静。他吓得屏住了呼吸，转过头去。

只见她正打开浴室的门走了出来。因为没有听到流水声，所以他根本没想到她在里面。但更让他吃惊的是，她一丝不挂赤裸着身体。她似乎感到很意外，呆呆地站在原地，赤裸的身上没有一滴水。几秒后，她弯腰捡起地上的衣服遮住了自己的身体。她表现出的不是害羞和惊慌，而是在这种情况下理应有的从容态度。

她没有转过身去，而是若无其事地站在原地穿起了衣服。按理说，他应该转移视线或是赶紧离开房间，但他却站在那里直勾勾地盯着她。此时的她不像最初吃素时那么干瘦了，住院期间体重有所回升，住在他家的时候饮食也调整得很好，因此胸部又跟从前一样圆润饱满了。她的腰部呈现出惊人的凹形曲线，那里长着适当的体毛，大腿连接小腿的线条虽谈不上饱满，但仅凭没有赘肉这一点已经足够迷人了。那是吸引人静静观赏，而绝非引诱性欲的身体。当她穿好所有的衣服以后，他这才意识到没有看到臀部的那块胎记。

"对不起。"

他结结巴巴地辩解道：

"我看门开着，还以为你出去了。"

"……没关系。"

她用一贯的口吻回答说："一个人的时候，这样很舒服。"

如果是这样……他迅速调转脑海里一闪而过的画面。这也就是说，她在家的时候都是光着身子的。想到这，他突然意识到当下比刚才看到她裸体时还要紧张，而且那里也开始膨胀了。为了遮掩勃起的状态，他一边摘下棒球帽挡在那里，一边弯腰坐在了地上。

"家里什么也没有……"

就像刚才看到的那样，她没有穿内裤，只套了件深灰色的运动裤转身走进了厨房。他望着她那没有肉感的臀部左右摆动时，不由自主地颤抖着喉结咽了一下口水。

"别麻烦了，就吃那些水果吧。"

为了争取时间让自己冷静下来，他开口说道。

"那吃水果？"

她走到玄关拿起苹果和水梨，然后又走回洗碗槽。他听着流水和盘子碰撞的声音，试图把注意力转移到墙上插座的洞口和电话的按钮上。但适得其反的是，她的阴部和画有绿叶的臀部，以及反复构思的交合体位更加鲜明且重叠地充斥着他的大脑。

当她端着放有苹果和梨的盘子走过来坐在他身边时，为了掩饰自己那双猥琐的眼睛，他低下了头。

"……不知道苹果好不好吃。"

短暂的沉默过后，她开口说：

"姐夫没必要专门来看我。"

"嗯？"

她用低沉的声音继续说道：

"你们不用为我操心，我已经找工作了。医生说不要再做一个人埋头苦干的事，所以我打算去百货公司上班，上个星期还去面试了呢。"

"……是吗？"

这真是出乎意料。记得有一次，妹夫趁着醉意在电话里对他说："如果是你，你能忍受一个疯疯癫癫，要靠吃精神科开的药，一辈子只能寄生在老公身上的女人吗？"但妹夫搞错了，她似乎没有疯到那种地步。

"不然去你姐的店里怎么样？"

他斜眼看着地面，终于说出了此行来的目的。

"你姐觉得那么多钱与其给外人，还不如给自己人。况且，都是一家人也信得过。我们还能就近照顾你，你姐也能安心。再说，店里的活儿可比百货公司轻松多了。"

　　渐渐恢复平静后，他说出了这番话。当他可以直视她的脸时，才发现她的表情犹如修行者一样平静，平静得让人觉得她像是经历了百般沧桑和磨难。那平静的目光让他不寒而栗。他不禁自责起来，只因她没有穿衣服就把人家当成一幅春宫图来欣赏。但无可厚非的是，自己用双眼录下的短暂画面成了那条随时可以引爆火花的导火线。

　　"吃点梨吧。"

　　她把盘子推向他。

　　"你也吃一点。"

　　她没有用叉子，而是直接用手拿起一块梨放进了嘴里。一股冲动油然而生，他想拥抱她的肩膀；吸吮那沾有梨汁、黏糊糊的手指；舔舐那甜甜的嘴唇和舌尖；用力拉下那条宽松的运动裤。他对这股冲动感到惧怕，于是慢慢地把头转了过去。

＊　　＊　　＊

　　"等一下。"

　　他边穿鞋边说：

　　"跟我出去走走吧。"

　　"……去哪儿？"

　　"我们边走边聊。"

“姐夫刚才说的事，我会考虑的。”

“不是那件事……我还有一件事想拜托你。”

他望着她犹豫不决的表情。眼下只要能从这无时无刻不在折磨自己的欲望和冲动中解脱出来，只要不待在这个危险的空间，去哪儿都无所谓。

“那就在这里说吧。”

“不，我想走走，你也在家待了一整天，不觉得闷吗？”

她最终被说服了，于是脚踩拖鞋跟着他走出了家门。他们默默地走出小巷，沿着大路继续往前走。直到看到一家冰激凌连锁店，他这才开口问道：

“你喜欢吃冰激凌吗？”

她跟做作的女朋友一样，朝他微微一笑。

他们坐在店里靠窗的位置，他默默地看着她用小木勺舀起冰激凌，然后用舌头舔舐。他觉得仿佛有电线把自己的身体跟她的舌头绑在了一起，每当她伸出舌头，自己就会像受到电击一样颤抖不已。

那时他觉得或许只有这一个办法可以让自己从地狱中解脱出来，那就是实现这个欲望。

“我想拜托你……”

舌尖上沾着白色冰激凌的她，目不转睛地注视着他的眼睛，单眼皮下不大不小的眼睛隐隐地闪烁着光亮。

"我想请你做模特。"

她没有笑，也不显得慌张，仿佛看穿了他内心似的以安静的眼神凝视着他。

"你来看过我的展览吗？"

"嗯。"

"就是类似的影像创作，不会耽误你太多时间的，不过……必须得赤裸身体。"

他察觉到自己变得有胆量了，而且不再流汗，手也不再抖了。仿佛头顶放了一个冰袋，脑袋也变得冷静了。

"脱光衣服，然后在身上进行彩绘。"

她依旧以安静的眼神凝视着他，然后淡淡地开口说：

"……然后呢？"

"只要这样一直到拍摄结束就可以了。"

"在身上……画画？"

"会画一些花朵。"

他看到她的目光动摇了一下，但也有可能是自己看错了。

"不会太累的，只要一两个小时。看你什么时候有空。"

他觉得自己把要讲的话都说完了，于是不抱任何希望地低下头盯着自己的那份冰激凌，上面撒着碾碎的花生和成片的杏仁。冰激凌在慢慢融化，静静地流淌着。

"……在哪里？"

就在他入神地盯着融化的冰激凌时，突然听到了她的提问。她正把最后一口冰激凌送进嘴里，没有血色的嘴角沾了一点奶油。

"我打算借用朋友的工作室。"

她的表情十分冷漠，根本看不出她在想些什么。

"嗯……你姐那边……"

他觉得讲出这句话多余，但又不得不说，于是结结巴巴得像是丧失了信心地说：

"你姐那边……要保密。"

她没有给出任何肯定或是否定的反应。他屏住呼吸直勾勾地盯着她的脸，试图从她的沉默中找寻出答案。

＊　　＊　　＊

阳光从宽敞的窗户照射进来，M的工作室因此变得很暖和。与其说这是工作室，还不如说更像是一百多平方米的画廊。M的画挂在醒目的地方，各种画具整理得井然有序。为了这次创作，他也做了全方位的准备，但还是忍不住想试试这些整理得井然有序的画具。

为了寻找有自然光的工作室，他只好去拜托关系并没有那么熟的大学同学M。三十二岁的M可以说是同届人里最早在首尔市内的大学里任教的人了，如今他的面相、服装和态度都散发着大学教授的派头。

"真没想到，你竟然会来找我帮忙。"

一个小时前，M在工作室给他沏了一杯茶，递过钥匙时说道：

"像这种事，随时跟我说，我白天都在学校。"

他盯着M比自己更显凸起的小腹，接过了那把钥匙。他心想，M肯定也有自己的欲望和欲望导致的烦恼，只是他没有表露出来罢了。看着M难以掩饰的烦恼——凸起的小腹，他得到了一种猥琐的心理安慰。对M而言，至少存在着对于啤酒肚的烦恼和些许的羞耻心，以及对于年轻体魄的怀念吧。

他把M那些看起来俗套且稍稍挡住了窗户的画清到了一边，然后在阳光直射的木地板上铺了一张白床垫。他躺在床垫上，事先确认了一下她躺下去时将会看到和感受到的东西。高高的天花板上的木纹、窗外的天空。虽然有些凉，但还是可以忍受的硬床垫，以及背部柔软的触感。他翻过身趴在上面，接下来映入眼帘的是M的画、另一侧地板上的阴影和没有使用的壁炉的煤灰。

他准备好带来的画具，取出PD100摄像机确认了电量，然后将出于担心拍摄时间过长而准备的照明器材架在了一旁，最后翻看了一眼素描本，跟着又塞回了包里。他脱下夹克，挽起袖子，等待着她。临近下午三点，差不多是她抵达地铁站的时间了。他抓起夹克，穿上皮鞋，呼吸着郊外新鲜的空气，朝地铁站走去。

这时手机响了，他边走边接起电话。

"是我。"

是妻子打来的电话。

"我今天下班可能有点晚，打工的孩子又没来，可七点得去幼儿园接智宇。"

他斩钉截铁地回答说：

"我也没空，九点前脱不开身。"

话筒里传来妻子的叹气声。

"知道了，那只能拜托709号的阿姨帮忙照看孩子到九点了。"

他们没有再多说一句废话，直接挂断了电话。近来他们之间似乎形成了一种仅靠孩子连接的、不存在其他任何牵绊的同志关系。

几天前，从小姨子家回来的那天晚上，他以无法控制的冲动在黑暗中抱住了妻子。那种新婚时都未曾有过的强烈欲望令他大吃一惊，妻子也被他的举动吓坏了。

"你怎么了？"

他不想听到妻子的鼻音，于是用手捂住了她的嘴。面对黑暗中妻子若隐若现的鼻梁、嘴唇和纤细的颈线，他想象着小姨子的样子蠕动起了自己的身体。他咬住妻子硬起的乳头，扒下她的内裤。当脑海中那又小又绿的花瓣若隐若现时，他闭起双眼抹去了妻子的脸。

当一切结束时，他才察觉到妻子正在哭泣。但他不知道这是因为激情，还是某种自己不晓得的感情。

"好可怕。"妻子背对着他喃喃自语道。不，他听到的似乎是——"你好可怕"。但那时他已经昏昏入睡了，所以无从确认妻子是不是真的说过这句话，也不知道她抽泣了多久。

但隔天一早，妻子的态度跟往常一样，刚刚通话时的口吻也毫无异常。关于那件事，妻子非但只字未提，也没有表现出任何的反感。偶尔妻子充满压抑的语气和一成不变的叹息声总是令他心情不悦。为了打消这种不悦的心情，他加快了脚步。

没想到小姨子提早到了地铁站出口，她歪斜着身体坐在台阶上，看样子已经从站里出来很久了。她穿着一条破旧的牛仔裤，搭配着一件厚厚的褐色毛衣，就跟独自从冬天走出来的人一样。他没有立刻走过去打招呼，而是像着了迷似的呆呆地望着她擦拭汗水的脸和长久暴露在阳光下的身体轮廓。

＊　　＊　　＊

"把衣服脱掉。"

面对愣愣地站在窗边张望着白杨树的她，他低声说道。午后寂静的阳光照得白床垫发出耀眼的光芒。她没有转过身来。就在他以为她没有听到，准备再讲一遍时，她抬起胳膊脱掉了毛衣。当她脱掉里面的白短袖后，他看到了她没有穿胸罩的背。接着她脱下那条破旧的牛仔裤，两瓣白皙的臀部映入了他的眼帘。

他屏住呼吸，盯着她的臀部。一对名为"天使微笑"的酒窝镶嵌在那两座肉乎乎的小山丘上方。那块拇指大小的斑点，果然印在左侧臀部的上方。他百思不得其解，那东西怎么还会留在那里？那显然是一块近似瘀青般的、散发着淡绿色光的胎记。他忽然意识到，这让人联想到太古的、进化前的或是光合作用的痕迹，与性毫无关联，它反而让人感受到了某种植物性的东西。

过了半天，他这才抬起头把视线从胎记上移开，打量了一遍她赤裸的身体。她根本不像是第一次做模特的人。考虑到小姨子和姐夫的关系，她那种沉着冷静的态度反而令他很不自在。眼前的画面让他突然想起，她之所以被关进封闭式病房，是因为她在割腕后的第二天赤裸着身体坐在医院的喷水池前，以及经常在医院里脱光衣服晒太阳，出院时间也因此延迟了。

"坐下来吗？"

她问。

"不，先趴下吧。"

他用几乎听不见的声音回答说。她趴在床垫上，他一动不动地站在那里。面对赤裸的身体，他感到自己的体内有某种冲动的情绪在横冲直撞。为了解读那是怎样的情绪，他紧锁起了眉头。

"等一下，不要动。"

他把摄像机固定在三脚架上，调整了一下支架的高度。当找到能拍摄到她全身的角度后，他拿起了调色板和画笔。他希望从人体彩绘进行拍摄。

他先把垂在她肩膀上的头发撩开，然后从后颈开始下笔。紫色和红色半开的花蕾在她的背后绽放开来，细细的花茎沿着她的侧腰延伸下来。当花茎延伸到右侧臀部时，一朵紫色的花朵彻底绽放开来，花心处伸展出厚实的黄色雌蕊。印有胎记的左侧臀部留下了空白，他拿起大笔在青色的胎记周围上了一层淡绿色，使得那如同花瓣般的胎记更为突出了。

每当画笔撩过她的肌肤时，她都会像怕痒似的微微抖动一下身体。他感受着她的肉体，浑身充满了触电般的感觉。这不是单纯的性欲，而是不断触碰着某种根源的、高达数十万伏特电流的感动。

　　最后当他完成从大腿到纤细的脚踝的花茎和树叶时，整个人已经被汗水浸湿了。

　　"画好了。"

　　他说道。

　　"以这个姿势再趴一会儿。"

　　他从三脚架上取下摄像机，开始进行近距离的拍摄，他拉近镜头捕捉着每一朵花，然后用特写镜头拍摄起了她的颈线、凌乱的头发和紧紧按在床垫上的双手，以及长着胎记的臀部。最后拍摄完她的全身，他关掉了摄像机的电源。

　　"好了，可以起来了。"

　　他略感疲惫地坐在了壁炉前的沙发上。她感到手脚有些发麻，勉强用胳膊肘支撑着身体站了起来。

　　"你不冷吗？"

　　他一边擦汗一边站起身，把自己的夹克披在了她的肩膀上。

　　"累不累？"

　　她露出了笑容，那是一抹淡淡的，却蕴含着力量的微笑；是意味着不会拒绝，也不会畏惧的微笑。

　　他这才醒悟到，最初她趴在床垫上时，自己感受到的冲击意味着什么。她拥有着排除了一切欲望的肉体，这是与年轻女子所拥有的美丽肉体相互矛盾的。一种奇异的虚无从这种矛盾中渗了出来，但它不只是虚无，更是强有力的虚无。就像从宽敞的窗户照射进来的阳光，以及虽然肉眼看不到却不停散落四处的肉体之美……那难以用言语形容的复杂感情涌上心头，过去一年来折磨着自己的欲望也因此平静了下来。

＊　　＊　　＊

她披着他的夹克，穿回了刚才脱下的裤子，双手捧着还在冒着热气的杯子。她没有穿拖鞋，赤脚站在地上。

"你不冷吗？"

面对同样的问题，她摇了摇头。

"……累坏了吧？"

"我只是趴在那里而已，地板也很暖和。"

令人感到惊讶的是，她没有丝毫的好奇心。正因为这样，她似乎在任何情况下都能保持平静的心态。她不会探索新的空间，也没有相应的感情流露，似乎对她而言，只关注发生在自己身上的事就足够了。不，或许她的内心正在发生着非常可怕的、令人难以置信的事。正因为这些事与日常生活并行，所以她才感到筋疲力尽，以至于根本没有多余的能量可以用在拥有好奇心和探索新事物上。他之所以会冒出这种猜测，是因为有时在她眼神里看到的不是被动和呆滞的麻木感，而是隐含着激情且又在极力克制那股激情的力量。此时此刻的她双手捧着温暖的水杯，像一只怕冷的小鸡蜷缩着身体低头看着自己的脚，但与其说这样的姿势会诱发怜悯，倒不如说她散发着如同阴影般的孤独。这种感觉让人很不舒服。

他想起了那个一开始就不怎么满意的、如今再也不必称为妹夫的她的前夫。那个人长着一张世俗且唯利是图的脸，一想到他用那张只会说客套话的嘴巴亲吻遍她的身体时，一种莫名的羞耻心油然而生。那个愚钝之人会知道她身上长着胎记吗？当脑海中浮现出他们赤裸着身体缠绵在一起时，他觉得那简直就是一种侮辱、玷污和暴力。

她拿着空杯站起身，他也跟着站了起来，然后接过她手中的空杯放在了桌子上。他重新换了一卷录像带，然后调整了一下三脚架的位置。

"我们重新开工吧。"

她点了点头，然后朝床垫走了过去。由于阳光的光线减弱，他在她的脚下放了一盏钨丝灯。

她脱下衣服，这次面朝上躺在了床垫上。因为是局部照明，所以她的上半身笼罩着暗影，但他还是跟刺眼似的眯起了眼睛。虽然不久前在她家偶然见过她的身体，但此时毫无反抗、与刚才趴着时一样散发着空虚美的身体，足以让他产生难以抗拒的强烈冲动。消瘦的锁骨、因平躺而近似于少年平坦的胸部、凸显的肋骨、微微张开却毫不性感的大腿、仿似睁着眼睛沉睡般的冷酷面容，这是一具每个部位都剔除了赘肉的肉体。他还是第一次看到这样的肉体，倾诉着所有心声的肉体。

　　这次他用黄色和白色从她的锁骨到胸部画了一朵巨大的花。如果说背部画的是在夜晚绽放的花朵，那么胸前则是属于正午灿烂绽放的花朵。橘色的忘忧草在她凹陷的腹部绽放开来，大腿上则纷纷落满了大大小小的金黄色花瓣。

　　他默默地感受着近四十年来从未体验过的喜悦，那种喜悦从身体的某一个地方静静地流淌出来，汇集到了笔尖上。如果可以，他希望无限延长这种喜悦。照明只打到了她的颈部，所以她布满阴影的脸看上去就跟睡着了一样。但当笔尖画过大腿根时，细微的抖动还是证明了她依然保持着敏感的清醒。无法把静静接受着这一切的她看成某种神圣的象征或是灵长，但又无法称她为野兽。他觉得她应该是植物、动物、人类，抑或介于这三者之间的某种陌生的存在。

　　他放下画笔，完全忘记了是在拍摄。他出神地俯视着她的肉体和上面绽放的花朵。阳光渐渐退去，她的脸也缓缓地随着午后阴影抹去了。他马上回过神，站起身说道："……侧躺一下。"

　　她像伴随着某种安静的音乐慢慢地移动着手臂和大腿，弯曲着腰背侧躺了过来。他用镜头捕捉了那如同山脊般柔美的侧腰曲线和背后的黑夜之花，以及胸前的太阳之花。镜头最后停留在了暗光之下的胎记上。犹豫片刻后，他没有遵守事先的约定，利用特写镜头拍下了她那张望着漆黑窗外的脸，模糊的唇线、颧骨凸起的阴影、凌乱的头发之间平坦的额头和空洞的眼神。

*　　*　　*

　　她抱着双臂站在玄关处，一直等到他把设备都放进汽车的后备厢。按照 M 的嘱咐，他把钥匙塞进了楼梯平台的登山鞋里，然后说：

　　"都搞定了，我们走吧。"

　　她在毛衣外面披着他的夹克，但还是怕冷似的打着寒战。

　　"我们去你家附近吃点什么吧？如果太饿的话，就在这附近找点东西吃。"

　　"我不饿……但这个，洗澡的话会洗掉吧？"

　　她好像只对这个问题感兴趣，用手指着自己的胸部问道。

　　"颜料不太容易洗掉，要洗很多次才能洗干净……"

　　她打断他的话：

　　"如果洗不掉该有多好啊。"

　　他茫然若失地望着被黑暗遮住了半张脸的她。

　　他们来到市区，找到了一条美食街。因为她不吃肉，所以他特地选了一家招牌上写着素斋的餐厅。他点了两份定食套餐，随后二十余种小菜和加了栗子与人参的石锅饭摆满了餐桌。看着拿起汤匙的她，他突然意识到自己在刚才长达四个小时的时间里，竟然没有动她一根汗毛。令他感到很意外的是，虽然从一开始也只是计划拍下她的裸体，但自己竟完全没有感受到任何的性欲。

　　然而此时，面对眼前穿着厚毛衣、正把汤匙放入口中的她，他醒悟到过去一年来折磨着自己的痛苦欲望并没有在当天下午停止。他的眼前立刻闪现过强吻她的嘴唇、粗暴地将她压在身下，以至于餐厅里的所有人都发出尖叫声的画面。他垂下视线，咽了口饭，然后问道：

　　"你为什么不吃肉了？我一直很好奇，但没找到机会问你。"

　　她夹着绿豆芽的筷子悬在了空中，抬头看着他。

　　"如果为难的话，不讲也没关系。"

　　在脑海里与那些淫乱画面搏斗的他说道。

　　"没关系，不为难。但我说了，姐夫也未必理解。"

　　说完，她平静地咀嚼起了绿豆芽。

　　"……因为梦。"

　　"梦？"

他反问道。

"因为做了一个梦……所以不吃肉了。"

"那是……做了什么样的梦啊？"

"脸。"

"脸？"

望着一头雾水的他，她浅浅一笑。不知道为什么，那笑容让人觉得充满了阴郁。

"我都说姐夫不会理解的。"

那为什么要在阳光下赤裸上半身呢？这个问题他没有问出口。难道说，突然变成光合成的变异动物也是因为做了梦？

他把车停在公寓门口，然后跟她一起下了车。

"今天真是谢谢你了。"

她以微笑作答。那表情既安静又亲切，跟妻子有些像，看上去完全跟正常的女人一样。不，她本来就是一个正常的女人，疯掉的人应该是自己才对。

她用眼神道别后，走进了公寓的玄关。虽然他打算等到她的房间亮灯后再走，但窗户始终漆黑一片。他发动引擎，脑海里想象着她那间漆黑的单人房，以及她没有洗澡，直接赤裸着身体钻进被窝的画面。那是绽放着灿烂花朵的肉体，是几分钟前还跟自己在一起，自己却连指尖都没碰过一下的肉体。

他感到痛苦不已。

*   *   *

晚上九点二十分，他按了 709 号的门铃。来开门的女人说：
"智宇一直嚷嚷着要找妈妈，这才刚睡着。"一个绑着两根辫
子，看起来像是小学二三年级的小女孩把塑料挖土机玩具车递
给了他，他道谢后接过玩具车放进了包里。他打开 701 号自己
家的门，然后小心翼翼地抱起孩子。从冰冷的走廊直到孩子房
间的这段距离竟是如此遥远。已经五岁的儿子睡觉时还在吃手
指，可能是睡得不沉，所以刚把他放到床上就听到寂静的房间
里响起了吸吮手指的声音。

他走到客厅，打开灯，锁好玄关的门，然后坐在了沙发
上。沉思片刻后，他又站起身打开玄关门走了出去。搭电梯来
到一楼后，他坐在停车场的车里，抱着装有两卷六厘米录像带
和素描本的包发了一会儿呆，然后拿起手机。

"儿子呢？"

妻子的声音很低沉。

"睡着了。"

"他晚上吃了吗？"

"应该吃了吧。我去接他的时候，已经睡着了。"

"哦，我十一点多能到家。"

"儿子睡得很沉……我……"

"嗯？"

"我去一趟工作室，还有些事没做完。"

妻子沉默不语。

"智宇睡得很沉，应该不会醒。最近他不是都一直睡到天亮吗？"

"……"

"你在听吗？"

"……老婆。"

妻子竟然哭了。难道店里没有客人吗？对于很在意他人视线的妻子，哭是非常罕见的事。

"……你想去就去吧。"

片刻过后，他听到了妻子从未有过的、百感交集的声音。

"那我现在关店回去。"

妻子挂断了电话。妻子性格谨慎，平时不管多忙也不会先挂电话。他一时惊慌，突然感到很内疚，手里握着电话犹豫不决起来。不然先回去等妻子，但他马上又改变了主意，随即发动了引擎。现在不是堵车时间，妻子二十分钟之内就能到家，这段时间孩子是不会醒的。但更重要的是，他不想待在静悄悄的家里，也不想面对妻子那张阴沉的脸。

当他抵达工作室的时候，只看到了 J 一个人。

"今天这么晚过来，我正准备回去呢。"

他心想，刚才毫不犹豫直接过来简直就是明智之举。因为使用工作室的四个人都是夜猫子，所以晚上独自使用工作室的机会非常难得。

在 J 整理好东西，穿上风衣的时候，他打开了电脑。J 用惊讶的眼神望着他手里拿着的两卷录像带。

"前辈，你拍到东西了。"

"……嗯。"

J 笑了笑，没有多说什么。

"完成了可一定给我看看。"

"知道了。"

J 顽皮地朝他行了个礼，然后摇摆手臂做出一副全力奔跑的架势推门走出了工作室。他笑了出来，笑容淡去后，他这才意识到自己已经好久没有笑过了。

* * *

他一直工作到天亮，取出母带后，关上了电脑。

拍摄的影片远远超乎了他的期待，光线和氛围，她的一举一动都散发着令人窒息的魅力。他思考了一下应该搭配怎样的背景音乐，但最后还是觉得如同真空状态的沉默最为适合。温柔的肢体语言、绽放在赤裸身体之上的花朵和胎记搭配沉默，会令人联想到某种本质的、永恒的东西。

在漫长的剪辑过程中，他抽完了一包香烟，最终完成的作品播放时间为四分五十五秒。镜头从他提笔作画开始，然后在胎记处淡出，接着特写昏暗中她那张难以辨识出五官的脸，最后镜头彻底淡出。

熬夜后的疲惫感让他觉得身体每个角落都像灌入了沙粒一样干涩，他一边体会着久违的、对一切事物感到陌生的异样感，一边拿起黑色的笔在母带的标签上写下了"胎记1——夜之花与昼之花"。

他眼前又浮现出了朝思暮想的画面，那是尚未尝试的画面，如果可以付之于行动，他希望命名为"胎记2"。事实上，对他而言，那幅画面才是全部。

在如同真空般的沉默中，全身画满花朵的男女缠绵在一起，肉体跟随直觉展现出各种姿势。时而强烈，时而温柔，最后镜头会特写。那是赤裸裸的画面，却因赤裸到了极限而展现出一种宁静与纯真。

他摸着手中的母带思考着，如果要找一个男人和小姨子一起来拍摄的话，那个男人肯定不会是自己。因为他很清楚自己那褶皱的肚皮、长满赘肉的侧腰、松垮的屁股，以及慵懒的大腿线条。

他没有开车回家，而是去了附近的汗蒸幕。他换上前台给的白短袖和短裤，站在镜子前以绝望的眼神打量着自己。自己肯定是无法胜任的，那要找谁呢？这不是色情电影，不能装模作样。但要找谁来帮忙呢？谁会同意呢？又该如何说服小姨子接受这件事呢？

他知道自己已经抵达了某种界限，但他无法停止下来。不，他不想停止下来。

他躺在热气缭绕的蒸汽房里等待着睡意来袭，在这个温度与湿度适中的地方，时间仿佛倒退回了夏日的傍晚。全身的能量早已耗尽，他摊开四肢，躺在那里，但那个尚未实现的画面却像温暖的光辉一样笼罩住了他疲惫不堪的身躯。

*　　*　　*

在从短暂的睡梦中醒来以前，他看到了她。

她的皮肤呈现出略微阴郁的淡绿色。趴在他面前的身体就跟刚从树枝上脱落下来的、快要枯萎的树叶一样。臀部上的胎记消失不见了，取而代之的是浑身上下遍布的淡绿色。

他把她的身体转了过来。她的上半身发出刺眼的光亮，光源似乎来自她的脸，这使他根本看不清她胸部以上的部位。

*　　*　　*

电话另一头的她依旧默不作声。

"……英惠。"

"嗯。"

还好她没有沉默太久，但他无法从她的口气里听出是否带有喜悦。

"昨天休息得好吗？"

"很好。"

"我有件事想问你。"

"你说。"

"你身上的画，洗掉了吗？"

"没有。"

他安心地叹了一口气。

"那你能先留着那些画吗？至少到明天为止。作品尚未完成，可能还要再拍一次。"

她是在笑吗？在他看不见的电话另一头，她笑了吗？

"……我想留着这些画，所以没有洗澡。"

她淡淡地回答说。

"身上有了这些画，我不再做梦了。以后如果掉了色，希望你能再帮我画上去。"

虽然无法明确理解她的意思，但他心中的大石总算落地了。他用力握紧手中的电话，心想，小姨子或许会答应这件事，说不定她什么都会答应。

"如果明天有空的话，你能再过来一下吗？那间禅岩地铁站附近的工作室。"

"……好的。"

"不过，还会来一个男人。"

"……"

"他也会脱光衣服，然后在身体上彩绘。这样可以吗？"

他等待着她的回答。按照以往的经验，她的沉默基本上都蕴含着肯定的意味，所以他并没有感到不安。

"……好的。"

他放下电话，十指交叉地在客厅里转起了圈。下午三点回到家时，儿子已经去了幼儿园，妻子也去了店里。他犹豫不决，不知道要如何打电话跟妻子解释，但拿起电话的下一秒却先打给了小姨子。

在外过夜的事迟早都要解释，于是他拨打了妻子的电话。

"你在哪儿？"

妻子的口气比起冷漠，更像是充满了矛盾。

"我在家。"

"工作都处理好了？"

"还差一点，可能要忙到明天晚上。"

"哦……那你休息吧。"

妻子挂断了电话。如果她能像别人家的妻子一样歇斯底里、勃然大怒、喋喋不休地唠叨几句的话，或许他心里还能舒坦些。但妻子这种轻易放弃，然后将放弃沉淀成犹豫憋在心里的性格，却令他透不过气来。但他知道，这是妻子善良和软弱的一面，是她为理解和关怀对方而付出的努力。与此同时，他也清楚地知道自己的自私和没有责任感。但眼下他只想为自己辩解，正是因为妻子的忍耐和善意令自己透不过气，所以才会让自己变得更糟糕。

当自责、后悔和踌躇这些交织的感情像旋风一样一闪而过后，他按照计划拨打了 J 的手机。

"前辈？今天晚上过来吗？"

"不去了。"

他回答说。

"昨天熬了一晚上，今天打算在家休息。"

"这样啊。"

J 身上散发着二十几岁年轻人特有的自信、朝气和从容。J 的身材并不强壮，但十分精瘦结实。他在脑海中想象着 J 脱光衣服的样子。如果是他，应该没有问题。

"我想拜托你一件事。"

"什么事？"

"明天有空吗？"

"晚上有约了。"

他把 M 工作室的位置告诉了毫不知情的 J。

"只要下午两三个小时就可以，不会拖到晚上的。"说到这里，他又改变了主意。

"你昨天不是说想看我拍的作品吗？"

J 爽快地回了一句："是啊。"

"那我现在就去工作室。"

说完，他挂了电话。

他期待昨晚剪辑的影片能吸引到 J。J 的性格温顺，不会轻易拒绝别人，更何况大家一起使用工作室。虽然他不敢肯定，但还是满怀乐观的想法。

* * *

J 比约定的时间早到了。总是把"Take it easy"当口头禅挂在嘴边的他，今天看起来有些忐忑不安。

"我好紧张。"

他一边给 J 泡咖啡，一边又在脑海里脱光了 J 的衣服。感觉很好，跟她很相配。

J看过前天下午拍摄的影片后兴奋不已。

"太难以置信了……这简直就是艺术啊！这种影片怎么可能出自前辈之手？其实，我一直觉得前辈是一个很单纯的人……啊，对不起……"

J的眼神和声音洋溢着平时不曾表露的好感。

"怎么会有如此大的改变呢？怎么说好呢……前辈好像被巨人一手抓起，丢到了另一个世界一样……瞧瞧这些色彩！"

虽然年轻的J特有的感受和浮夸的表达令他感到反感，但J说的一点没错。当然，以前他也能感受到色彩的美感，但从没有像现在这样可以感受到无数种色彩。这就好像色彩充斥着他的身体，一种蠢蠢欲动的感觉不受控制地从他的体内爆发了出来。一股非常强烈的感觉，这是过去任何时候都未曾有过的经验。

他曾经觉得自己很阴郁。他很阴郁，总是躲在黑暗里。他此时经历的缤纷色彩是过去那个黑白世界里所不存在的，虽然那个世界美丽而宁静，但他却再也回不去了。他似乎永远失去了那种宁静所带来的幸福，不过他无暇感受失落，因为忍受眼下这个激烈世界所制造出的刺激和痛苦就足以让他筋疲力尽了。

在J的鼓励之下，他终于面红耳赤地说出了酝酿已久的话。当他拿出舞蹈演出的小册子和素描本恳请他成为男模特时，J

顿时感到不知所措起来。"为什么是我呢？不是有很多专业的模特和戏剧演员吗……""你的身材好，过于完美的身材不适合，你刚刚好。""那你的意思是让我跟这个女人一起摆出这些姿势？我不行！"

他哀求、诱惑，甚至威胁 J，想方设法希望他能答应下来。

"没有人知道的，因为不会露脸。难道你不想见见这个女人吗？这也会给你的创作带来灵感的。"

说要考虑一晚的 J，隔天一早便打来了同意的电话。然而，J 并不知道他真正想拍的是他们做爱的场面。

"……她怎么还不来？"

J 望着窗外问道。即使 J 不问，此时的他也正感到坐立难安。他等在工作室里，因为她说自己能找到这里，所以没有去地铁站接她。

"是啊，不然我出去看看。"

就在他拿起夹克站起身时，传来了有人敲打半透明的玻璃门的声音。

"啊，终于来了。"

J 放下咖啡杯。

她穿着跟那天一样的牛仔裤，但换了一件厚实的黑毛衣。可能是刚洗过头，没有染过色的乌黑秀发还湿漉漉的。她先看到他，然后看到 J 后露出了淡淡的笑容。她摸着自己的头发说：

"我很小心地洗了头……生怕洗掉脖子上的花。"

J笑了笑。也许是看到她的朴素外表，所以不再紧张了。

"脱衣服吧。"

"我吗？"

J瞪大了眼睛。

"她已经都画好了，只剩下你了。"

J面带尴尬的笑容转过身去，脱下了衣服。

"内裤也要脱。"

J迟疑了片刻后，脱下了内裤和袜子。跟自己预想的一样，J身上既没有肌肉也没有赘肉，除了从肚脐到大腿根长满了茂密的阴毛，全身的皮肤都很白皙光滑。面对J的身体，他的嫉妒之心油然而生。

跟那天一样，他让J趴下，然后从颈部开始作画。这次他选择的是青绿色系。他用大画笔在最短的时间内完成了一朵朵像是随风摇摆、纷纷凋零的淡紫色绣球花。

"翻身躺过来吧。"

接着他以J的性器为中心，画了一朵如同鲜血般的巨大红花。她坐在沙发上，一边喝茶一边注视着他的一举一动。

他松了一口气站起身来，把摄像机里尚未用完的带子换成了新的，然后回头对她说：

"脱衣服吧。"

她脱掉衣服。虽然光线不像那天明亮，但画在她两个乳房间的金色花朵依然绚烂夺目。与 J 形成对比的是，她显得泰然自若，仿佛在说"赤身裸体比穿衣服更自然"。竖起膝盖坐在床垫上的 J，因看得着迷而僵住了表情。

虽然他没有下达指示，但她却主动走到了 J 的身边。她像是模仿 J 的坐姿一样，竖膝坐在了白床垫上。那张无言的面孔与灿烂的肉体形成了鲜明的对比。

"接下来怎么做？"

J 问道。

出于不管怎样都要控制住局面的压力使然，J 依旧红着脸。

"让她坐在你的膝盖上。"

J 不知道她是他的小姨子，他像称呼陌生人一样称呼她。接下来，他拿起摄像机走到他们身边。当她坐在 J 的膝盖上时，他低声说道：

"拉近一点。"

J 用颤抖的手拉过她的肩膀。

"你一次也没做过吗？发挥点演技吧，哪怕摸一下她的胸也好啊。"

J 用手背擦了一下额头的汗。这时，她缓缓地转过身，面对 J 坐了下来。她用一只手搂住 J 的脖子，另一只手抚摩起了画在 J 胸前的红花。房间里只能听到三个人的呼吸声。不知过了多久，她像是事先看过他的素描本一样，跟鸟儿互相爱抚似的把脖子贴靠在了J的脖子上。

"好，非常好。"

他从不同角度捕捉着同一个场面，最终找到了最佳角度。

"很好……继续，就像现在这样躺下去吧。"

她温柔地推着J的胸口，让他躺在了床垫上，然后伸出双手，抚摩起了J身上一直延伸到小腹的红色花瓣。他拿着摄像机来到她背后，捕捉着她背上开满的紫色花朵，以及随着她的肢体动作而晃动的胎记。他心想，就是这样，如果能再进一步的话……

她缓缓地前倾趴了下去，乳房贴在了J的胸口上。她的臀部悬在半空，他立刻转移到侧面捕捉他们的身体。她像猫一样弓起的背脊与J的肚脐之间空出了距离，她缓缓起身，笔直地坐在J的小腹上。这时，他结结巴巴地说：

"可不可以……我是说也许……"

他轮流看了看她和J。

"……也许可以假戏真做？"

她的表情毫无动摇，但J却像被开水烫到了似的一把推开了她，说：

"什么？你是要拍黄片？"

"如果你不愿意的话，不做也行。但如果能自然地……"

"我不拍了。"

J站起身来。

"等一下，我不会再提出那种要求了，按现在做的就可以了。"

他一把抓住J的肩膀。也许是太用力了，J"啊"的一声，推开了他的手。

"喂……不要这样嘛。"

听到他急促且恳切的口吻，J的情绪稍稍平复了下来。

"我能理解……毕竟我也是搞创作的。但怎么能这样呢？她是谁？人家不像是妓女，就算是妓女也不能做这种事啊！"

"我知道，我真的知道！对不起！"

虽然J又坐回到床垫上，但刚才散发出的既兴奋又性感的气氛已经荡然无存了。J像受到处罚似的板着脸，抱着她躺在了床垫上，这时，她闭上了双眼。他看出了假若刚才J同意的话，她是会欣然接受的。

"那就这样动一下身体吧。"

J很不情愿地缓慢地前后移动着身体。他看到她的脚蜷缩得厉害，双手紧紧地搂着J的背。她的身体栩栩如生、热情似火，这足以抵消J无动于衷的反应。对J而言，这样的姿势是痛苦难耐的。他充分利用这段时间，从不同的角度捕捉下了自己想要的画面。

"现在可以了吧？"

J问道。此时的J连额头都红了，但这不是因为兴奋，而是觉得尴尬难堪。

"最后一次……绝对是最后一次。"

"够了，真的够了。在丑态百出以前赶快结束吧。我充分得到了灵感，也明白了那些色情演员的感受。真是够悲惨的。"

J不顾他的挽留，甩开他的手，穿起了衣服。他咬紧牙关望着自己的作品，只见那些尚未凋零的花朵都被单色的衬衫掩盖住了。

"……我不是不理解，所以你也不要骂我是个猥琐的家伙。我今天才知道自己比想象中还要保守。虽然出于好奇心答应了做这件事，但我实在难以接受。这也意味着我还有没开窍的地方……总之，我需要时间。对不起了，前辈。"

J的言语里带着真情实感，他多少受到了伤害。J用眼神跟他道别后，礼貌性地看了一眼站在窗边的她，然后便匆匆离开了。

*　　*　　*

"对不起。"

当J的车发出嘈杂的引擎声开出院子时，他向穿上毛衣的她道了歉。她没有回应，但就在她套上牛仔裤，拉锁拉到一半的时候，突然朝着虚空扑哧笑了一下。

"笑什么？"

"下面都湿了……"

他像是挨了谁一拳似的呆望着她。她一脸为难的表情弓着腰站在那里。这时，他才意识到自己手里还拿着摄像机。他放下摄像机，大步朝 J 离开的门口走去，锁上了门。为了保险起见，他又反锁了一下。接着他以近似跑步的速度冲向她，一把搂着她倒在了床垫上。

当他把她的牛仔裤拉到膝盖处时，她开口说道：

"不行。"

她不光是嘴上拒绝，还用力推开了他，然后起身提上了裤子。他仰头看着她拉上拉锁、扣紧扣子。他站起来靠近她，把她那尚留有热气的身体推向墙边。他强吻她的嘴唇，并试图把舌头伸进她的嘴里。就在这时，她再次用力地推开了他。

"为什么不行？因为我是你姐夫吗？"

"跟那没关系。"

"你不是说那里湿了吗？"

"……"

"你喜欢上那家伙了？"

"不是，因为花……"

"花？"

瞬间，她的脸变得苍白，咬红的下唇微微地在颤抖。她一字一句地说：

"我想做……从来没有这么想做过。是他身上的花……是那些花让我无法抵挡，仅此而已。"

她迈着坚定的步伐朝玄关走去，他注视着她的背影，跟着朝正在穿运动鞋的她喊道：

"那……"

他觉得自己的声音近似于一种悲鸣。

"如果我身上画了花，到时你就会接受我吗？"

她转身愣愣地看着他。她的眼神仿佛在说，当然了，我没有理由不接受啊。至少他是这样认为的。

"到时候……也可以拍下来吗？"

她笑了。那是朦胧的，似乎什么都可以接受的，像是根本没有必要问的，抑或是在安静地嘲笑着什么的笑容。

*　　*　　*

死掉该有多好。

死掉该有多好。

那就去死吧。

死掉算了。

　　紧握着方向盘的他不知道自己为什么会流下眼泪，几次想要打开雨刷后才发现原来模糊不清的不是车窗，而是自己的眼睛。他不知道为什么脑海里会不断闪现像咒语一样的话："死掉该有多好。"然而体内仿佛存在着另一个人在不停地回答说："那就去死吧。"如同两个人交流的对话，竟像咒语一样让浑身颤抖的他平静了下来。但这是为什么，他也不得而知。

　　他觉得胸口，不，是全身都在燃烧，于是打开两侧的车窗。在夜风和车辆的轰鸣声中，他驱车驰骋在被黑暗笼罩的公路上。颤抖从双手开始蔓延至全身，就连牙齿也出现了撞击。他感受着浑身的颤抖，脚踩油门。当他看到时速表时，不禁错愕不已，立刻用抽搐的手指揉了揉眼睛。

＊　　＊　　＊

　　从公寓正门走出来的 P 穿着黑色的连衣裙，外面披着一件白色的开衫。P 与他结束了长达四年的恋爱后，跟通过了司法考试的小学同学结了婚。多亏了丈夫在经济上的支持，她才能兼顾好家庭与工作。P 已经办过数次个展，而且在江南的收藏家之间也颇受欢迎。正因为这样，P 周围总是环绕着嫉妒和闲话。

　　P 很快认出了他那辆前后打着闪灯的车。他拉下车窗喊道：

　　"上车！"

　　"这里很多人认识我，连警卫都知道我是谁。你这个时间找我到底什么事啊？"

　　"先上车，我有话跟你说。"

　　P 只好坐到了副驾驶座上。

　　"好久不见。突然找你，对不起啊。"

　　"是啊，好久不见。这一点也不像你，难道是想我了，所以突然过来？"

　　他焦躁地捋了一把刘海说：

　　"我有一件事想拜托你。"

　　"什么事？"

　　"说来话长，去你工作室说吧，工作室离这儿不远吧？"

　　"走路五分钟……到底什么事啊？"

　　P 是个急性子，她提高嗓门急着想问清楚是什么事，她那女强人特有的活力曾令他倍感压力，但现在都不以为意了，甚至还开始欣赏起了她这一点。他突然萌生出想要拥抱 P 的冲动，但这仅仅是出于往日的旧情使然。此时，他浑身上下充斥着对刚刚送回家的小姨子的欲望，那欲望正如同浇了石油的火焰一样熊熊燃烧着。他转身离开时，对她说："你在家等我，我马上回来。"之后，他便驾车赶到了这里。他必须找一个可以画出令自己满意的花的、熟悉自己身体的、能够帮自己解决燃眉之急的人。

"幸好我老公今天加夜班，万一让他误会了多不好。"

P一边打开工作室的灯，一边说道。

"刚才你说的素描本给我看看。"

P接过素描本，表情严肃地翻看着。

"……有点意思。真没想到你竟然会这样运用色彩。不过……"

P摸着下巴继续说道：

"不过，这不像是你的风格。这个作品真的能发表吗？你的绰号可是'五月的神父'啊。那种有思想意识的神父，刚正不阿的圣职者的形象……我以前也是喜欢你这一点。"

P隔着角质框眼镜盯着他。

"难道如今你也要转型了吗？但这尺度也太大了吧？当然，我也没资格说三道四。"

他不想跟P争论什么，于是不声不响地脱起了衣服。P略感惊讶，但她很快放弃了似的在调色板上挤好颜料。P一边挑选画笔一边说：

"这都多久没见过你的身体了。"

幸好P没有笑出来。但就算P不带着任何用意地笑了，他也会认为那是残酷的嘲笑。

P非常用心地在他身上缓慢作着画。画笔很凉，笔尖碰触皮肤的触感很痒，但又很像麻酥酥的、执拗的、很有效果的爱抚。

"我尽量避免画出自己的风格。你也知道，我很喜欢花，也画了很多花……你画的那些花很有张力，我会尽力模仿出那种感觉。"

当P说"差不多画好了"的时候，时间已经过了午夜时分。

"谢谢。"

由于长时间裸露着身体，他打着寒战。

"如果有镜子的话，很想让你看一下，但这里没有镜子。"

他低头看着起满鸡皮疙瘩的胸口、腹部和大腿，那里画着一朵巨大的红花。

"很满意，比我画得好。"

"不知道后面你满不满意，你的画好像都把重点放在了背部。"

"肯定满意，我相信你。"

"虽然我尽力想要模仿你的画，但还是难免有些自己的味道。"

"太感谢你了。"

P这才露出笑容。

"其实，刚才你脱下衣服的时候，我有点兴奋……"

“然后呢？”

他急忙穿上衣服，心不在焉地问道。穿上夹克后，这才稍稍暖和了些，但身体还是很僵硬。

“现在不知怎么……”

“怎么了？”

“看着满身是花的你，让人觉得很心疼……觉得你好可怜。之前从没有过这种感觉。”

P走到他面前，帮他系上了最后一颗衬衫扣子。

“吻我一下吧，谁叫你大半夜把人家找出来的。”

还没等他做出反应，P便吻了下去。过去数百次的亲吻回忆覆盖在他的双唇上，他觉得自己快要哭出来了。但不知道这是因为回忆还是友谊，抑或是对于自己即将跨越疆界的恐惧。

* * *

因为时间已晚，所以他没有按门铃，而是轻轻地敲了两下门。他等不及她来开门，于是转了一下把手。正如预料中的那样，门开了。

他走进昏暗的房间，路灯的光亮从阳台的玻璃窗照射进来，借助那点光亮可以看清周围的一切。但他还是碰到了鞋柜。

"……你睡了吗？"

他把提在双手和挎在双肩上的摄像设备放在玄关，然后脱下皮鞋朝床垫的方向走去。刚迈出几步，他便看到黑暗中一个模糊的人影坐了起来。虽然四下昏暗，但还是可以看到她赤裸着身体。她站起身向他走来。

"开灯吗？"

他的声音略显嘶哑。只听她低声回答说：

"……我闻到了味道，那是颜料的味道。"

他发出呻吟声，扑向了她。当下他把照明、拍摄都忘在了脑后，喷涌而出的冲动彻底吞噬了他。

他发出咆哮声，将她扑倒在床垫上。黑暗中，他肆意亲吻着她的嘴唇和鼻子，一只手揉捏着她的乳房，另一只手解着自己的衬衫扣子。剩下最后两颗扣子时，他干脆用力一把扯了下来。

不知从何处传来了如同禽兽般的喘息和怪异的呻吟。当他意识到这些声音出自自己时，不禁感到全身战栗，因为他觉得只有女人才会呻吟。

*   *   *

他抚摩着她那被夜色笼罩的脸，轻声说了一句："对不起。"但她没有回应，而是淡定地反问道：

"可以开灯吗？"

"……为什么？"

"我想看清楚。"

她起身朝开关走去。显然她没有因这场不到五分钟的性爱而感到疲惫。

室内突然亮了，他用双手蒙住眼睛，稍后适应了光线以后才放下手。他看到站在墙边的她，那满身绽放的花朵依然很美丽。

他突然意识到自己褶皱下垂的小腹，于是立刻用手遮挡了起来。

"不要遮……很好，花瓣像是有了皱纹。"

她缓缓走向他，弯下身来。她像对 J 那样，伸出手指抚摸起了他胸前的花朵。

"等一下。"

他起身走到玄关，将三脚架调到最低，然后把摄像机固定在了上面。接着，他抬起床垫竖放在了阳台上，再把带来的白床单铺在了地上。最后，他安装了一盏像是 M 工作室那样的照明灯。

"躺下来好吗？"

她躺下后，他估摸着两个人身体缠绵在一起的位置，调整好摄像机的方向。

她修长的身体躺在耀眼的照明下，他小心翼翼地将自己的身体叠在她的身体上。此时，他们的身体是否会像她和 J 一样，展现出叠放在一起的花朵呢？又或者是花朵、禽兽和人类结合成一体呢？

每换一种体位，他都会调整摄像机的位置。当拍摄到 J 拒绝的后背体位时，他用特写镜头长时间地拍摄下她的臀部。

所有的一切近乎完美，正如他期待的那样。在她的胎记之上，他身上的红花反复地绽放和收缩，他浑身战栗。这是世上最丑陋的，也是最美丽的画面，是一种可怕的结合。

永远，这一切永远……当他无法承受满足感而浑身颤抖时，她哭了出来。在近似三十分钟的时间里，她一直紧闭着双眼，即使嘴唇不停地微微抖动，她也没有发出一声呻吟。她仅凭身体向他传达出敏感的喜悦。是时候结束了。他坐起身来，抱着她靠近摄像机，伸手摸索着开关关掉了电源。

这幅画面在无法抵达高潮与尽头的状况下持续进行着，在沉默中、在欢乐里、永远地……但拍摄只能到此为止。她的哭声渐渐平息后，他让她躺了下来。最后几分钟的激情使得她的牙齿相互碰撞，发出嘶哑且刺耳的尖叫声。当她气喘吁吁地喊"停……"时，眼泪再次流了下来。

接下来，所有的一切都安静了。

＊　　＊　　＊

在墨蓝的晨光里，他长时间注视着她的臀部。

"真想把它移到我的舌头上。"

"……什么？"

"这块胎记。"

她略感惊讶，转身看向他。

"这块胎记怎么还会留在屁股上呢？"

"……我也不知道。我以为大家都这样，但有一天去澡堂才发现……只有我身上有。"

他用搂着她的腰的手抚摩着那块胎记，他希望与她分享那块如同烙印般的斑点。他想要吞噬它、融化它，让它流淌在自己的血管里。

"……我是不是再也不会做梦了？"

她以若有若无的声音喃喃自语着。

"梦？啊，脸……对了，你说过梦里的脸。"

他感受着睡意缓缓来袭，接着问道：

"什么脸？谁的脸？"

"……每次都不一样。有时候是熟悉的脸，有时候是陌生的脸，也有布满血迹的脸……有时候还会梦到腐败溃烂的脸。"

他勉强抬起沉重的眼皮望着她的双眼，只见她那丝毫不显疲惫的眼中闪烁着微弱的光。

"我以为是因为肉。"

她说道。

"我以为不吃肉，那些脸就不会再出现了，但是并没有。"

他很想集中精神听她讲话，但双眼已经不由自主地缓缓闭了起来。

"所以……我终于知道了。那都是我肚子里的脸，都是从我肚子里浮现出来的脸。"

这些前言不搭后语的话犹如安眠曲一样，把他推入了深不见底的睡眠中。

"现在不害怕了……再也不会害怕了。"

*　*　*

当他醒来的时候，她还在睡着。

阳光明媚。她的头发就跟动物的鬃毛一样凌乱，褶皱的床单包裹着她的下体。满屋子充斥着她的体味，那是一股如同新生儿般的乳臭味，刺鼻的酸味里还夹杂着既甜又令人作呕的腥味。

不知道几点了。他从丢在地上的夹克口袋里掏出手机，已经下午一点了。他从早上六点多一直睡到现在，整整死睡了七个小时。他先穿好裤子，然后整理起了照明灯和三脚架，但摄像机不见了。他记得拍摄结束后，为了防止摄像机摔在地上，特地移到了玄关处，可是现在却不见了。

他心想，也许是她早上起来放在了其他的地方，于是转身走向厨房。就在他转身来到洗碗槽时，看到了有什么东西掉在了地上。那是六厘米录像带。就在他诧异地捡起录像带回过头时，突然发现餐桌上趴着一个女人。那是他的妻子。

她手里握着手机，用包袱裹着的餐盒放在一边。显示屏开着的摄像机掉在餐桌下面。妻子明明听到了他靠近的声音，但还是一动不动。

"老……"

眼前的状况令人难以置信，他感到一阵眩晕：

"老婆。"

妻子这才抬起头，站了起来。但他很快便意识到，她没有要向自己走来，而是在阻止自己靠前。妻子静静地开口说道：

"我一直联系不到英惠……上班前过来看一眼，正好今天拌了几样素菜。"

她的声音显得非常紧张，但却极力保持着冷静地做出辩解。他知道，妻子只有在极力想要隐藏情绪时，才会这样放慢语速，发出低沉且微微颤抖的声音。

"……我看门没锁，直接进来了。看到满身都是颜料的英惠觉得很奇怪……那时你的脸朝着墙，盖着被子，所以我没有认出来。"

妻子用握着手机的手捋了一下头发，她的双手正在剧烈地颤抖。

"我以为英惠交了新的男朋友，看到她身上画着那些东西，我还以为她又发作了。我本想一走了之的……可转念一想，我应该保护她，也想看看是怎样的一个男人……我看到玄关那里放着的摄像机很眼熟，照你之前教我的方法把带子倒了过去……"

妻子一字一句冷静地说着。他可以感受到妻子拿出了所有的勇气在克制自己的情绪。

"我看到了里面的你。"

她眼里充斥着难以形容的冲击、恐惧和绝望，但面部的表情却显得异常麻木。他这才意识到自己裸露的上身让妻子感到厌恶，于是手忙脚乱地找起了衬衫。

他捡起丢在浴室门口的衬衫，边套上袖子边说：

"老婆，你听我解释。我知道你很难理解……"

她突然提高嗓门打断了他的话。

"我叫了救护车。"

"什么？"

妻子的脸色煞白，为了躲避想要靠近自己的他，往后退了几步。

"你和英惠，你们都需要治疗。"

他用了几十秒的时间才搞清楚了这句话的真正含意。

"……你是要送我进精神病院？"

这时，床垫那头传来了沙沙作响的声音。他和妻子都屏住了呼吸，只见一丝不挂的英惠拽开床单站起身来。他看到两行泪从妻子的眼中流了出来。

"你这个浑蛋！"

妻子强忍着眼泪，压低嗓音喃喃地说：

"你居然对精神恍惚的英惠……对那样的她……"

妻子湿润的嘴唇不停地哆嗦着。

英惠这才意识到姐姐来了，她一脸茫然地望着他们。那是毫无情感流露的空洞眼神，他第一次觉得她的眼睛跟孩子一样，那是一双只有孩子才可能拥有的、蕴含着一切，但同时又清空了所有的眼睛。不，或许那是在成为孩子以前，未曾接纳过任何事物的眼睛。

英惠缓缓地转过身，朝阳台走去。她打开拉门，顿时一股冷风灌进了屋子。他看着她那块淡绿色的胎记，上面还留有如同树液干涸般的痕迹。他突然觉得自己仿佛经历了世间所有的风霜雨雪，刹那间变成了老树枯柴，哪怕是当下死去，自己也无所畏惧了。

　　她把发出闪闪金黄色的胸部探过阳台的栏杆，跟着张开布满橘黄色花瓣的双腿，恰似在与阳光和风交媾。他听到渐渐由远及近的救护车的警笛声、邻里的惊叫和叹息声、孩子的叫喊声，以及赶来围观的人们聚集在巷口的嘈杂声。几个人急促的脚步声正回荡在走廊的楼梯里。

　　此时，如果奔向阳台越过她倚靠着的栏杆，应该可以一飞冲天，从三楼掉下去的话，头骨会摔得粉碎。他可以做到，也只有这样才能干净地解决问题。但他仍然站在原地，像是被钉在了那里一样。他在这仿似人生最初也是最后的瞬间，目不转睛地凝视着那如同炽焰的肉体，那是比他在夜里拍下的任何画面都要夺目耀眼的肉体。

树
火

*　　*　　*

　　她站在磨石县客运站的站台，望着被雨淋湿的马路。巨大的货车发出怪响从快车道飞驰而过。大雨倾盆而下，雨点似乎就要穿透她撑着的伞。

　　她不再年轻，也很难说得上是美人，不过她的颈线算得上优美，而且有着温厚的眼神。她化着自然的淡妆，白色的半袖衫既干净又没有一丝皱痕。正是因为这种能够让人产生好感的端庄印象，所以大家才没有注意到她脸上渗透出的淡淡忧伤。

　　她瞪大了眼睛，只见等待已久的公交车终于由远及近地开了过来。她走到路边，伸出了手，飞驰而来的公交车减缓了速度。

　　"去祝圣精神病院吗？"

　　中年司机点了点头，示意她上车。她付了车费，寻找空位时，她看到车上的人都在注视着自己，人们仿佛在猜测自己是患者，还是家属。她习惯性地避开了人们满是猜忌、警戒、厌恶或好奇的视线。

　　收好的雨伞还在滴水，早已被雨水浸湿的公交车地面散发着光溜溜的黑光。由于雨伞未能遮住瓢泼大雨，她的上衣和裤子也淋湿了一半。公交车加速行驶在雨中，她努力保持平衡朝车厢最里面走去。她找到两个并排的空位，坐在了靠窗的位置上，然后从包里取出纸巾擦去了车窗上的雾气。她以长期独居的人才有的坚定眼神望着拍打在车窗上的雨珠。公交车驶出磨石县后，道路两侧便出现了六月尾声的树林，笼罩在倾盆大雨中的树林好比强忍着咆哮的巨大野兽。当公交车驶进祝圣山，路况也随之变得越来越狭窄弯曲，被雨淋湿的树林也因此显得越来越逼近了。三个月前，发现妹妹英惠的地方应该就是那座山脚的某一处。她望着一棵棵在雨中摇摆的大树，当想到或许在山脚处存在着黑暗的空间时，便将视线从窗户上移开了。

　　据说英惠失踪是在下午两点到三点的自由活动时间，当时只是乌云密布，还没有下雨，所以跟往常一样轻症患者可以到户外散步。下午三点，护士们确认患者人数时才发现英惠没有回来，而那时开始飘起了零星雨点。医院进入了紧急状态，院方迅速拦截下过往的公交车和出租车。失踪患者无非有两种可能性：一种是已经下山逃往磨石县的方向；另一种则是干脆躲进了深山里。

　　临近傍晚时，雨越下越大了。由于天气的关系，三月的太阳早早地下了山。英惠的主治医生对她说："这可真是万幸，不，这简直就是奇迹！多亏了一位在附近山里展开搜索的护工发现了她。"医生还说，"发现英惠时，她就跟一棵被雨淋湿的大树一样一动不动地站在山坡上。"

接到英惠失踪的电话是在下午四点左右，当时她正和六岁的儿子智宇在一起。因为智宇的体温连续五天一直徘徊在四十摄氏度上下，所以她正准备带儿子去拍胸片。智宇一个人站在大机器前，不安地看着放射科的医生和妈妈。

"请问是金仁惠小姐吗？"

"是我。"

"您是金英惠的家属吧？"

这是她第一次接到医院打来的电话。之前都是她主动打电话到医院预约探病时间，或是偶尔询问妹妹的病情。护士以故作镇定的语气转达了英惠失踪的消息。

"我们正在尽全力寻找，但如果她去了您那里的话，还请务必马上跟我们取得联系。"

挂断电话前，护士又问道：

"她有没有其他可能去的地方呢？比如，父母家。"

"父母家很远……如果有必要的话，我再联络家里人。"

她挂断电话把手机放进了包里，走出放射科后她抱起儿子。几天来，体重减轻的孩子浑身还在发烫。

"妈妈，我很棒吧？"

因为发烧，孩子的脸蛋儿泛红，他期待着妈妈的表扬。

"是啊，你一点也没乱动。"

听到医生说不是肺炎后，她抱着儿子在雨中拦了一辆出租车回到家。进了家门，她赶快给儿子洗了澡，喂完粥和药后，早早地哄睡了孩子。她没有一丝余力为失踪的妹妹提心吊胆，儿子连续病了五天，她也整整五天没有好好睡觉了。如果今晚智宇还不退烧的话，就要到大医院住院观察了。为了应对紧急状况，她提早把医疗保险证和智宇的衣服整理了出来。就在这时，医院又打来了电话。时间已临近九点。

"找到人了！"

"真是谢天谢地！"

"按照之前约好的时间，我下周会去探病。"

她出自真心地向护士道了谢，但因为疲劳过度，声音显得有些低沉和不耐烦。挂断电话后，她才意识到那天全国都在下雨，发现英惠的地方也在下雨。

虽然没有目睹，但不知为什么，脑海中却能清楚地浮现出那幅画面。她给呼呼直喘的孩子换了一整夜的湿毛巾，自己偶尔也会昏睡一下，睡梦中她看到了像灵魂一样在雨中若隐若现的树林。黑色的雨水，黑色的树林，被大雨淋湿的灰白色的病人服，湿漉漉的头发，漆黑的山坡，英惠跟鬼一样站在那里与

黑暗和雨水融为了一体。天终于亮了，她摸了摸儿子的额头，
当手掌感受到一股凉意后，她这才放下心来。她走出卧室，来
到客厅的阳台，愣愣地遥望着黎明破晓前的淡蓝色曙光。

　　她蜷起身体躺在沙发上想要再睡一会儿，在智宇醒来前，
哪怕只能睡上一个小时也好。

　　"姐，我倒立的时候，身上会长出叶子，手掌会生出树
根……扎进土里，不停地、不断地……嗯，胯下就要绽放出花
朵了，所以我会打开双腿，彻底打开……"

　　睡梦中她听到了英惠的声音，起初那声音很低很温柔，等
到了中间变成了小孩子天真的声音。可是到了最后，却变得跟
野兽咆哮似的什么也听不出来了。这种有生以来最强烈的厌恶
感促使她睁了一下眼睛，但很快又睡了过去。这次她梦到自己
站在浴室的镜子前，镜子里的自己左眼流着血，她赶快抬手去
擦拭，但镜子里的自己却一动不动，只是呆呆地望着自己鲜血
直流的眼睛。

　　听到智宇的咳嗽声，她摇晃着站起身，走回了卧室。她努
力让自己不去想很久以前英惠蜷坐在卧室角落处的样子。她一
把握住孩子像抽风似的举在空中的小手……没事了，她小声嘀
咕着。但不知道这是在安慰孩子，还是在安慰她自己。

＊　　＊　　＊

公交车转过上坡路后，在岔路口停了下来。前车门打开后，她大步走下台阶，撑起了雨伞。在这里下车的乘客只有她一个人。公交车立刻开走了，远远地消失在雨路中。

沿着岔路口的狭窄小路一直走，然后越过一个山坡，再穿过一个五十多米长的小隧道，就能看到那家坐落在山中的小医院了。雨势虽然转小，但雨丝依然力道十足。她弯腰卷起裤脚时，看到了倒在柏油马路上的小蓬草。她重新背好沉甸甸的包，撑着伞朝医院的方向走去。

现在，她每逢周三都会来看英惠。在那个英惠失踪的雨天以前，她一般都会一个月来一次。每次来的时候，她都会带上水果、年糕和豆皮寿司等食物。通往医院的这条路既偏僻又寂静，几乎看不到过往的人和车辆。抵达院务科旁边的会客室，她与英惠隔着桌子面对面坐下，然后把带来的食物摆在桌上，接着英惠会像做作业的孩子一样，默不作声地吞噬下这些食物。当她把英惠的头发捋到耳朵后面时，英惠还会抬眼看着她，静静地露出笑容。每当这时，她都不由得觉得妹妹没有任何问题。如果一直这样生活下去也无妨吧？英惠在这里想说话的时候就说话，不想吃肉就不吃，这都没有问题吧？像这样偶尔来探望妹妹也很好吧？

　　英惠比她小四岁，或许是年龄差距大，所以在成长的过程中她们之间并没有出现过普通姐妹间常有的争吵与矛盾。自从小时候姐妹俩轮番被性情暴躁的父亲扇耳光开始，她便产生了近似于母爱般的、要一直照顾妹妹的责任感。身为姐姐的她看着这个从小赤脚玩耍、一到夏天鼻梁子上就会生痱子的妹妹长大成人、嫁为人妻，不禁感到既新奇又很欣慰。唯一让她感到遗憾的是，随着年龄的增长，妹妹变得越来越少言寡语了。虽说自己也是谨慎小心的性格，但还是会根据气氛和场合表现出开朗、活泼的一面。但与自己相反，不论何时大家都很难读懂英惠的心情。正因为这样，有时她甚至觉得英惠就跟陌生人一样。

　　比如，智宇出生的那天，英惠到医院来看小外甥，她非但没有说什么祝福的话，反而自言自语地嘟囔说："我还是第一次见到这么小的孩子……刚出生的孩子都长这样吗？"

　　"虽说是姐夫开车，可你一个人能抱着孩子到妈那里吗？……不然，我陪你一起去吧？"

　　虽然英惠会替人着想，但那时挂在她嘴角的微笑却莫名地让人感到很陌生。正如她觉得英惠很陌生一样，英惠也同样觉得姐姐很陌生。在面对英惠那副与其说是镇定，不如说是凄凉的表情时，她一时也不知道该怎么回答了。虽然这跟丈夫犹豫不决的态度完全不同，但却在某方面让她感受到了同样的挫败感。难道是因为这两个人都少言寡语吗？

　　她走进隧道，由于天气关系，隧道里显得比平时更暗了。她收起伞，向前走去，四周回响着自己的脚步声。这时，一只带有斑纹的大飞蛾从仿佛渗透出湿漉漉的黑暗的墙壁里飞了出来。她停下脚步，观赏起了那只飞蛾，这是她从未见过的飞蛾种类。只见它拍打着翅膀，飞到漆黑的隧道顶端，像是察觉到了有人在观察自己一样，贴在墙壁上再也不动了。

　　丈夫喜欢拍摄那些有翅膀的东西，鸟、蝴蝶、飞机、飞蛾，就连苍蝇也拍。那些看似与创作内容毫无关联的飞行场面，总是让对艺术一无所知的她感到很困惑。有一次，她看到在坍塌的大桥和悲痛欲绝的葬礼场面之后，忽然出现了约两秒钟的鸟影。于是她问丈夫，为什么这里要加入这个场面。

　　他当时的回答是，不为什么。

　　"就是喜欢加入这些场景，觉得这样心里舒服。"

　　说完，又是一阵熟悉的沉默。

　　在这似乎无法习惯的沉默中，她是否真正了解过自己的丈夫？她曾想过，或许可以借由丈夫的作品来了解一下他。他创作并展出过短则两分钟，长则一个小时的影像作品，但不管她如何努力，始终无法理解那些作品。事实上，在认识丈夫以前，她根本不知道还存在着这样的美术领域。

　　她记得初识他是在一个下午，好几天没有刮胡子的他，有着跟高粱秆一样骨瘦如柴的身材。那天他背着看起来很重的摄像包走进了她的店里，他把胳膊架在玻璃柜台上，寻找着须后乳。他浑身散发出疲惫不堪的气息，以至于让她觉得他和柜台都快要被压垮了。对于没谈过恋爱的她而言，能开口问他一句"你吃过午饭了吗？"简直就是奇迹。他略显惊讶，却没有丝毫的余力表现出来，所以只是以疲惫的目光望着她的脸。她关上店门跟他一起去吃了午饭。她之所以会做出这种举动，一来是那天错过了午饭的时间，二来是他特有的无防备状态让她放松了警惕。

　　那天之后，她希望能靠自己的努力让他得以休息。但不管她付出多少努力，婚后的他看起来仍旧疲惫不堪。他始终忙于自己的工作，偶尔回到家的时候也像投宿的旅客一样让人感到陌生。特别是工作不顺利的时候，他的沉默就跟橡胶一样韧性十足，又沉重无比得像岩石一样。

　　没过多久，她便醒悟到自己迫切想要从疲惫中拯救出来的人不是别人，而是自己。难道说，她是通过疲惫的他看到了十九岁背井离乡、在没有任何人的帮助下独自闯荡首尔讨生活的自己吗？

　　正如她无法确信自己的感情一样，也无法确信他对自己的感情。因为他在生活中总是笨手笨脚，所以她偶尔可以感觉到他在依赖自己。他是一个性格耿直、看上去很死板的人，从来不会夸大其词、阿谀奉承。他对她总是很亲切，从没说过半句粗话，偶尔望着她的眼神里还会充满敬意。

"我配不上你。"

结婚前，他曾说过这句话。

"你的善良、稳重、沉着和面对生活的态度……都很让我感动。"

他这么说多少出于对她的敬畏，所以听起来像煞有介事，但这样的真情表白难道不是证明了他并没有坠入爱河吗？

或许他真正爱的是那些捕捉到的画面，抑或是尚未拍摄过的画面。婚后，她第一次去看他的作品展时，感到惊讶不已。她难以相信这个疲惫不堪、看起来马上就要瘫坐在地上的男人，竟然带着摄像机去过这么多地方。她无法想象他会在敏感的拍摄地点与人进行协商，以及有时必须展现出的勇气、胆识和执着的忍耐。换句话说，她难以相信他的这种热情。在他充满热情的作品和像困在水族馆里的鱼一样的生活之间，明显存在着不能视为同一个人的隔阂。

她只见过一次他在家里眼神发亮时的样子，那是智宇刚过完周岁生日，开始学走路的时候。他取出摄像机，拍下了智宇摇摇晃晃走在阳光明媚的客厅里的样子，以及智宇一把扑进妈妈怀里和她亲吻孩子头顶的场面。那时，他用散发着一闪一闪生命之光的眼神说：

"不如像宫崎骏的电影那样加入动画效果，智宇每走一步，就在他的小脚印上开出一朵花？不，还是加入飞翔的蝴蝶群更好。啊，既然这样，不如去草地重拍一下。"

他教她摄像机的使用方法，还播放了刚刚拍摄的画面，并用充满热情的语气说：

"你和孩子最好都穿白色的衣服。不，不好，还是衣衫褴褛些更自然。嗯，这样比较好。"贫穷母子的郊游，孩子每迈出笨拙的一步便会奇迹般地飞出五颜六色的蝴蝶……

但是他们没有去草地，智宇很快便学会了走路。从孩子的脚印上飞出蝴蝶的画面也只留在了她的想象中。

不知从何时起，他变得更加疲惫不堪了。虽然他连周末也不让自己休息，没日没夜地把自己关在工作室里，甚至有时整天徘徊在大街小巷，走得运动鞋都脏了，但却始终没有取得任何成果。好几次她在凌晨醒来，开灯走进浴室时都吓了一跳。因为不知何时回来的他，连衣服也没换就蜷缩着身体睡在了没有放水的浴缸里。

"我们家有爸爸吗？"

他搬出这个家以后，智宇问了她这个问题。事实上，在他尚未搬离这个家以前，每天早上孩子也会问同样的问题。

"没有爸爸。"她简单地回了一句，然后喃喃地说：

"没有爸爸，永远也没有，这个家只有你和妈妈。"

*　　*　　*

　　雨中的医院大楼看上去十分凄凉，被雨淋湿的深灰色水泥墙也显得比平时更为沉重、暗淡。二楼和三楼的病房窗户都安装了护栏。天气好的时候，很难看到患者从护栏的缝隙间探出头来，但在这样的天气，却能看到一些探头欣赏雨天的苍白脸孔。她停下脚步仰望了一下附楼三楼英惠所在的病房，然后走进了通往商店和会客室的院务科入口。

　　"我是来见朴仁昊医生的。"

　　院务科的女职员认出了她，跟她打了声招呼。她折好还在滴水的雨伞后，坐在了木质长椅上。在等待医生的这段时间里，她和往常一样转过头望向院子里的那棵榉树。那是一棵树龄高达四百年以上的古木。晴天时，那棵树会伸展开茂盛的枝叶反射阳光，像是在对她诉说什么。但在这种雨天里，它却看上去像一个少言寡语、把想说的话都憋进了肚子里的人。大雨淋湿了树皮，渲染出近似傍晚的昏暗，枝头的树叶在风雨中默默地颤抖着。英惠犹如鬼魂般的样子与眼前的画面在她眼前相互重叠了。

　　她闭起长久充血的眼睛，然后睁开双眼，眼前依然是那棵沉默的大树。那晚之后，智宇恢复了健康，送去幼儿园，但她依然处在睡眠不足的状态。整整三个月来，她都没有熟睡超过一个小时以上。英惠的声音、下着黑雨的森林和自己那张眼里流着血的脸都跟碎片一样，一点一点在划破漫长的黑夜。

她放弃了等待睡意，坐起身来，起床的时间是在凌晨三点左右。她洗脸、刷牙、准备早饭，还打扫了房间里的每一个角落，但时针始终像绑着沉重的秤砣一样走得异常缓慢。最后，她走进他的房间，播放他留下的唱片，或是像他从前那样叉着腰在房间里打转。如今，她似乎能够理解他穿着衣服睡在浴缸里的心情了。也许是他连脱下衣服的力气都没有，更不要说调节热水器的温度来洗澡了。而且神奇的是，她恍然意识到这个凹陷且狭窄的空间，竟然是这间三十二坪公寓里最为安宁、舒服的地方。

是哪里出了错呢？

每当这时，她都会问自己。

这一切都是从何时开始的呢？不，应该说是从何时开始崩溃的呢？

英惠最初变得异常，是从三年前突然吃素时开始的。虽说现在素食主义者已经很普遍了，但英惠的特殊之处是没有明确的动机。她消瘦的速度令人难以置信，几乎连觉也不睡了。虽然英惠的性格原本就很安静，但那时已经沉默寡言到了难以沟通的地步。不仅是妹夫，全家人都很为她担心。那时自己家正值乔迁之喜，娘家人聚在新居庆祝。但那天，父亲不但扇了英惠耳光，还硬是把肉强行塞进了她的嘴里。当下，她浑身颤抖就跟自己挨了打一样，愣愣地目睹着英惠一边发出禽兽般的嘶吼，一边吐出嘴里的肉，并且拿起水果刀割了脉。

这一切真的无法阻止吗？这个疑惑始终围绕着她。无法阻止那天动手的父亲吗？无法夺下英惠手中的水果刀吗？无法阻止丈夫背起血流不止的英惠冲去医院吗？无法阻止妹夫无情地抛弃从精神病院出院的英惠吗？还有那件丈夫对英惠做的、如今再也不愿想起的、早已成为难以启齿的丑闻的事，这一切真的难以挽回了吗？真的无法阻止那些围绕在自己周围的、所有人的人生都像空中楼阁一样轰然倒塌吗？

她不想知道那块还留在英惠臀部上的胎记给了丈夫怎样的灵感，那个秋天的早上，她带着给英惠的素菜来到她的住处时，所目睹的光景远远超越了常识和她理解的范围。前一晚，丈夫在自己和英惠赤裸的身体上画下五颜六色的花朵，然后拍摄了身体水乳交融的场面。

她无法阻止这一切吗？难道说自己没有预测出他会做出这种事的蛛丝马迹吗？怎么没有一再向他强调，英惠还是一个服药的患者呢？

　　她做梦也没有想到那天早上躺在赤裸的英惠身边的、给全身画满了红黄彩绘花朵的她盖上被子的男人会是自己的丈夫。必须守护妹妹的信念战胜了夺门而出的恐惧，无法推卸的责任感促使她拿起了放在玄关处的摄像机。她运用从丈夫那里学来的操作方法看到了摄像机拍摄下来的画面。她用颤抖的手取出像是炙热火苗般的录像带，结果失手掉在了地上。她拿出手机，打电话报了警。在等待救护车赶来带走这两个精神异常的人期间，她无法接受现实，更无法相信自己的眼睛。但可以肯定的是，丈夫的所作所为是不可能获得原谅的。

　　过了正午，他才醒来，跟着英惠也醒了。很快三名带着安全衣和防护装备的救护人员赶到了现场。当看到英惠岌岌可危地站在阳台上时，两名救护人员立刻冲了过去。他们尝试把安全衣套在英惠色彩缤纷的身体上，但英惠做出了激烈的反抗，她猛地咬住救护人员的胳膊，并且发出语无伦次的尖叫声。一名救护人员把针头扎进了拼命挣扎的英惠的手臂。趁着他们制服英惠期间，丈夫试图推开站在玄关处的救护人员逃走，结果却被抓住了一只胳膊，他使出浑身解数挣脱后，一眨眼的工夫跑到了阳台，像张开双翅的鸟一样想要冲出栏杆。但训练有素的救护人员一把抱住了他的大腿，这使得他再也无法做出任何抵抗了。

　　她浑身颤抖地目睹着眼前发生的一切，直到最后与被拖走的丈夫四目相对。她本想用尽所有的力气去怒视他，但从丈夫眼中却没有看到任何冲动的欲望与疯狂，然而也没有丝毫的后悔和埋怨。在那四目相对的一瞬间，她看到了与自己感受相同的恐怖。

一切就这样结束了。从那天以后，他们的生活再也回不到从前了。

医院诊断为精神正常的丈夫被关进了拘留所，经过数月来的诉讼和毫无意义的自我辩护，最终被放了出来。销声匿迹的他再也没有出现在她的面前，但英惠被关进隔离病房后，就再也没能出来了。在第一次病情发作以后，她开口说了几句话，很快又陷入了沉默。她不再跟任何人讲话，取而代之的是独自一人蹲坐在有阳光的地方自言自语。她依旧不肯吃肉，只要看到菜里有肉便会尖叫着跑开。阳光明媚的时候，她会紧贴着玻璃窗，解开病人服的扣子露出胸部。突然变得年迈体虚的父母再也不愿见到二女儿了，就连大女儿也断了联系，因为看到她就会想起那个禽兽不如的女婿。弟妹一家人也再无往来。即便是这样，她也不能抛弃英惠，因为必须有人支付住院费，也必须有人担任监护人的角色。

日子还是要过，她背负起难以摆脱的丑闻继续经营着化妆品店。残酷的时间公平得跟水波一样，载着她那仅靠忍耐铸造起的人生一起漂向了下游。那年秋天五岁的智宇，如今已经六

岁了。帮英惠转到这家环境好、价格合理的医院时，她的状态
也有了明显的好转。

　　从小她就拥有着白手起家的人所具备的坚韧性格和与生俱
来的诚实品性，这让她懂得必须独自承受生命里发生的一切。
身为女儿、姐姐、妻子、母亲和经营店铺的生意人，甚至作为
在地铁里与陌生人擦肩而过的行人，她都会竭尽所能地努力扮
演好自己的角色。借助这种务实的惯性，她才得以在时间的洪
流中克服一切困难。如果在那个三月，英惠没有突然失踪；如
果在那个下着雨的森林里，没有找到她；如果那天以后，所有
的症状没有急剧恶化……

*　　*　　*

　　嗒嗒嗒嗒，伴随着充满活力的脚步声，身穿白大褂的年轻
医生从走廊的另一头走了过来。她起身打了声招呼，医生也轻
轻点了一下头，然后伸手指向咨询室。她不声不响地跟在医生
后面走了进去。

　　三十几岁的医生有着健壮的体格，不管是步调还是表情都
充满了自信。他坐在办公桌前，皱着眉头看着她。预感告诉她
这次的面谈不会是什么好事，心情随之变得沉重了起来。

　　"我妹妹……"

"我们已经尽了全力，但依旧是老样子。"

"那，今天……"

她跟犯了错的人一样涨红了脸。医生接过她的话，继续说道：

"我们今天会尝试用胃管给她注入些米汤，希望能稍有好转，但如果这种办法也不行的话，就只能转去一般医院的重症监护室了。"

她问医生：

"插管以前，可以让我再劝一劝她吗？"

医生不抱任何希望地看着她，表情里隐藏着对于不受控制的患者的愤怒，显然他也疲惫不堪了。他看了一眼手表说：

"那就给您半个小时的时间。如果成功的话，请通知一下护士站。不行的话，那两点再见。"

原本打算立刻离开的医生可能是觉得这样结束对话很不好意思，于是接着说道：

"上次也跟您提到过，神经性厌食症患者有百分之十五到百分之二十的人死于饥饿。即使身体已经骨瘦如柴了，但患者本人还是觉得自己很胖。产生这种心理的原因多半来自与母亲之间的矛盾……但金英惠患者的情况很特殊，她既存在精神分裂，也有厌食症。虽然我们可以肯定她不是重度精神分裂，但也没想到会演变成这样。如果是被害妄想症的话，还有可能说服她进食。比如，可以让她跟医护人员一起用餐。但我们不知道金英惠患者拒绝进食的原因，即使使用药物也丝毫没有效果。得出这种结论，我们也很难受，但没办法，必须先确保患者的生命安全，可我们医院没有这种条件。"

医生在起身前，问了她一个带有职业性敏感度的问题：

"您的脸色很差，睡眠不好吗？"

她没有立刻回答。

"监护人要保重身体啊。"

互相道别后，医生跟刚才一样，发出嗒嗒的脚步声走出了咨询室。她也起身跟了出去，只见医生的背影已经消失在了走廊里。

她走回院务科前的长椅，这时看到一个一身华丽装扮的中年女子抓着一个中年男人的胳膊从门口走了进来。就在她猜测也许是来探病的家属时，女人突然破口大骂了起来。男人毫不在意，习以为常地从钱包里取出医疗保险证递进了院务科的窗口。

"你们这些邪恶的家伙！把你们的内脏都掏出来吃，才能解我心头之恨！我要移民，我一天都不想跟你们待在一起！"

看样子他不像是丈夫，也许是哥哥或者弟弟。如果办理好住院手续的话，那个中年女子怕是今晚要在安定室过夜了，她很有可能会被捆绑住手脚，注射镇静剂。一边嘶吼一边挣扎的女人头戴一顶有着艳丽花纹的帽子，她默默地望着那顶帽子，恍然意识到自己已经对这种程度的疯癫毫无感觉了。自从经常进出精神病院后，有时满是正常人的宁静街道反而更令自己感到陌生。

她想起最初带英惠来这家医院的场景，那是一个晴朗的初冬午后。虽然首尔综合医院的隔离病房离家很近，但她无法承担住院费。四处打探之下，她才帮英惠转到了这家患者待遇还算不错的医院。在之前的医院办理出院手续时，主治医生建议她定期让患者回医院接受治疗。

"从目前的观察结果来看，患者的病情大有起色。虽然患者还不能重新开始社会生活，但家人的支持会有助于恢复的。"

她回答道：

"上次也是相信了您的话才出院的。如果当时继续接受治疗的话，我相信病情一定比现在更有起色。"

那时，她已心知肚明的是，自己向医生所表达的对于病情复发的担忧，只不过是表面上的理由，真正的原因其实是她没有办法跟英惠生活在一起。她难以承受看到英惠时所联想到的一切。事实上，她在心底憎恨着妹妹，憎恨她放纵自己的精神跨越疆界，她无法原谅妹妹的不负责任。

幸好英惠也希望住院。英惠清楚地对医生说，住院很舒服。而且那时她看起来非常平静，不仅眼神清晰，讲话也很有条理。除了随着食量减小渐渐下降的体重和越来越消瘦的身材，她几乎跟正常人没什么差别。坐出租车前往医院的路上，英惠也只是安静地望着窗外，根本看不出任何不安的迹象。出租车抵达目的地后，她就像来散步的人一样温顺地跟在姐姐身后。以至于院务科的职员问她们哪位是患者。

在办理住院手续的时候，她对英惠说：

"这里空气新鲜，胃口很快就会好起来的。你要多吃饭，长点肉才行。"

那时已经能开口讲几句话的英惠望向窗外的榉树说：

"嗯……这里有一棵大树啊。"

一个接到院务科通知的中年男护工赶来确认了住院行李，包里只有内衣、便服、拖鞋和洗漱用品。护工打开每一件衣服，仔细检查着上面是否有类似绳子或是别针之类的东西，他解下系在风衣上的又粗又长的毛织腰带后，示意她们跟自己过来。

护工用钥匙打开门，领头走进了病区，她和英惠跟在后面。在她跟护士们打招呼的过程中，英惠始终表现得很从容。当把行李放在六人病房后，密密麻麻的铁窗进入了她的视线。瞬间，从未有过的罪恶感如同一块沉重的石头压在了她的胸口。这时，英惠悄然无声地走到她身边说：

"……这里也可以看到树呢。"

她紧闭双唇，在心底对自己说：不要心软，这不是你能担负的责任，不会有人责怪你的。你能坚持到今天已经很不错了。

她没有看一眼站在身边的英惠，而是望向了那棵在初冬阳光下尚未彻底凋零的落叶松。英惠像是安慰她似的，用平静且低沉的声音叫了一声：

"姐姐。"

穿在英惠身上的黑色旧毛衣散发出淡淡的樟脑球味道。见她没有反应，英惠又叫了一声姐姐，然后喃喃地说：

"姐……世上所有的树都跟手足一样。"

* * *

穿过患者居住的二号楼，她来到一号楼的玄关前，只见几名患者把脸贴在玻璃门上向外面张望。因为连日来的大雨，不能出去散步，所以把大家都憋坏了。她按了一下门铃，很快一个四十多岁的护工手持钥匙，从一楼大厅的护士站走了出来。院务科提早接到通知，于是提早让护工从三楼下来等着她。

护工开门走出来后，又以敏捷的动作转过身锁上了门。她看到一个年轻的患者把脸紧贴在玻璃门上，正用空洞的眼神注视着自己。健康的人绝不会投射出那种执拗的视线。

"我妹妹现在怎么样了？"

往三楼走的时候，她开口问道。

护工回头看着她，摇了摇头。

"别提了，现在她连打点滴的针都会自己拔下来，所以我们只能强制把她关进隔离病房打完镇静剂后，再打点滴。真不知道她哪儿来的那么大力气……"

"那她现在也在隔离病房吗？"

"没有，她刚才醒了，所以送回了一般病房。不是说下午两点会给她插胃管吗？"

她跟随护工来到三楼的大厅。阳光明媚的时候，这里充满了活力，年迈的人会坐在窗边的椅子上晒太阳，也会有打乒乓球的患者，护士站还会播放轻快的音乐。但今天，大雨似乎把所有的活力都浇灭了。很多患者都待在病房里，大厅因此显得格外冷清。几个失智症患者蜷着肩膀坐在大厅里，不是在咬手指甲，就是垂头看着自己的脚，还有几个人一语不发地望着窗外。乒乓球台也空无一人。

她把目光投向西侧走廊的尽头，午后的阳光正从那边的大窗户照射进来。今年三月，在英惠走进森林消失的那个下雨天以前，她来探病的时候，英惠并没有出现在会客室。当时值班护士在电话里对她说，这几天患者很奇怪，都没有离开过病房。这意味着，在患者最喜欢的自由散步时间里，英惠也一直待在病房里。既然大老远来了，她表示希望能见妹妹一面，于是护士到院务科把她接了过来。

那时，她看到一个奇怪的女患者倒立在西侧的走廊尽头，但她做梦也没有想到那个女人竟然就是英惠。护士带她走上前时，她这才透过浓密的长发认出了英惠。只见英惠用肩膀支撑着地面，血液倒流憋红了双颊。

"她这样已经半个小时了。"

护士无可奈何地说。

"她从两天前开始这样。她不是没有意识，也肯讲话……但跟其他紧张型患者不同。昨天我们强制把她拖回了病房，可她在病房里也这样倒立……但就算她这样，我们也不能把她绑起来。"

护士转身离开前对她说：

"……稍微用力推一下，她就会倒下来。如果她不理你，就推她一下好了。正好我们也打算送她回病房呢。"

她蹲下来，试图跟英惠四目相对。不管是谁，倒立和站立时的脸都会有所不同。英惠消瘦的脸，由于倒立皮肤下垂而显得奇怪。那双炯炯有神的眼睛正望着虚空的某一处。她似乎没有察觉到姐姐来了。

"……英惠。"

见妹妹没有反应，她又大声喊了一句：

"英惠，你这是在做什么，赶快站起来。"

她伸手摸了摸英惠涨红的脸。

"站起来，英惠，你头不痛吗？瞧你的脸都红了。"

她最终还是用力推了一下英惠。果然英惠双腿着地倒了下来，她赶快用手托起英惠的脖子。

"……姐。"

英惠脸上露出了笑容。

"你什么时候来的？"

英惠容光焕发，仿佛刚从美梦中醒来似的。

站在一旁看着她们的护工走上前，把她们带到了大厅一侧的会客室。那些病情恶化到不能下楼的患者，都会在大厅的会客室跟家属见面。想必这里也是他们跟医生面谈的地方。

看到她正准备把带来的食物摊放在桌子上，英惠开口说道：

"姐，以后不用带吃的过来了。"

英惠面带笑容。

"我，现在不吃东西了。"

她像是着了魔似的看着英惠，好久没有见过如此明朗的表情了。不，也许是第一次见到。她问道：

"你刚才到底在做什么？"

"……姐，你知道吗？"

英惠用反问代替了回答。

"……什么？"

"我以前也不知道，一直以为树都是直立着的……但现在明白了，它们都是用双臂支撑着地面。你瞧那棵树，不觉得很惊人吗？"

英惠猛地站起身，指向窗外。

"所有的，所有的树都在倒立。"

英惠咯咯直笑。她这才意识到英惠的表情跟儿时的某一个瞬间很像。单眼皮的英惠笑得眼睛眯成了一条缝，嘴里不停地发出咯咯的笑声。

"你知道我是怎么知道的吗？是梦，我在梦里倒立……身上长出了树叶，手掌生出了树根……一直钻进地里，不停地，无止境地……我的胯下仿佛要开花了，于是我劈开双腿，大大地劈开……"

她心慌意乱地望着英惠洋溢着热情的双眼。

"我的身体需要浇水。姐，我不需要这些吃的，我需要水。"

＊　　＊　　＊

"辛苦您了。"

　　她向护士长问了声好，然后一边递上年糕，一边跟其他护士一一打过招呼。跟往常一样，她在与护士交流英惠的病情时，那个每次都误以为她是护士的五十多岁女患者从窗边匆匆走来，向她鞠了一个躬：

　　"我的头好痛，拜托你跟医生讲一下帮我换药。"

　　"我不是护士，我是来看妹妹的。"

　　女患者迫切地望着她的双眼说：

　　"求你救救我吧……我头痛得快要活不下去了。这样怎么活下去啊！"

　　这时，一个二十多岁的男患者走过来，紧贴在她身后。虽说这种事在医院很常见，但她还是觉得很不安。患者们不会注意人与人之间应当保持适当的距离，也不会在意视线停留在对方身上的适当时间。就像这样，有的患者目光呆滞地沉寂在自己的世界里，也有一些眼神清澈但经常认错人的患者。他们都跟当初住院时的英惠一样。

　　"护士，你怎么不管管那个人呢？他一直打我。"

　　一个三十多岁的女人用尖锐的嗓音冲着护士长喊道。每次她来都会看到这个患者，看来她的被害妄想症又严重了。

　　她再次向护士们致谢，然后说：

　　"我先去跟妹妹谈一下。"

　　从护士们的表情中可以感受到，她们也对英惠失去了耐心，没有人觉得她可以劝得动英惠。她小心翼翼地走出护士站，尽量避免身体碰到任何一个患者。她朝英惠所在的东侧走廊走去，打开病房的门走进去时，一个短发的女人认出了她。

"您来了。"

熙珠是一位住院接受酒精中毒和轻度狂躁症治疗的患者，她的身材结实，声音有些沙哑，一双又大又圆的眼睛显得十分可爱。医院会让病情好转的患者帮忙照顾失智症患者，家属也会提供一些酬劳给他们。由于英惠一直不肯吃东西，行动不便后，她只好拜托熙珠来帮忙照顾英惠了。

"辛苦了。"

就在她露出微笑的刹那，熙珠用自己湿漉漉的手一把握住了她的手。

"怎么办？听说英惠可能会死掉。"

熙珠圆圆的眼里噙满了泪水。

"……她的状况怎么样？"

"刚才也吐了点血。医生说，她不吃东西，胃酸伤了胃壁，所以才会经常出现胃痉挛。可为什么会吐血呢？"

熙珠的哽咽声越来越大了。

"我最初照顾她的时候还没有这样……是不是我照顾得不周啊？没想到她会变成这样。早知道这样，我就不应该承担照顾她的责任。"

熙珠的声音越来越激动，她走到英惠的床边。她心想，如果看不到这一切该有多好，如果有人来蒙住自己的眼睛该有多好。

只见英惠平躺在床上，目光像是在望着窗外，但仔细一看，那双失去焦距的眼睛无比空洞。整张脸、脖子、肩膀和四肢已经一点肉没有了，骨瘦如柴的模样就跟灾区饥饿的难民一样。她看到英惠的双颊和手臂上长出了仿若孩子身上才有的长长的汗毛。医生解释说，这是由于长时间不进食导致的荷尔蒙失调现象。

难道说英惠是想变回孩子吗？她已经很久没有来月经了，体重不足三十公斤，乳房自然也都平了。英惠就跟停止了二次生长的女孩一样，十分怪异地躺在床上。

她掀开白色的被子，为了查看尾椎骨和背部是否生了褥疮，把一动不动的英惠翻了过来，只见之前溃烂的部位还没有痊愈。她的视线停留在了臀部那块淡绿色的胎记上，眼前突然浮现出了从胎记延伸而出的布满全身的花朵，然后又消失了。

"熙珠，谢谢你。"

"……我每天用湿毛巾帮她擦身体，然后扑爽身粉，但天气潮湿，始终不见好转。"

"真是谢谢你了。"

"以前跟护士一起帮她洗澡还很吃力，但现在她变轻了，一点也不吃力了，就跟给小孩洗澡似的。本来今天打算帮她洗澡的，听说她要转院，所以想最后一次……"

熙珠的大眼睛又红了。

"好，等一下我们一起帮她洗。"

"嗯，下午四点才有热水……"

熙珠不停地擦拭着充了血的眼睛。

"那待会儿见。"

她点头目送熙珠离开后，重新帮英惠盖上了被子。为了不让英惠的脚露在外面，她掖了一下被角。她看到了爆裂的血管，两只胳膊、脚背和脚跟的静脉，已经没有一处是好的了。通过静脉注射供应蛋白质和葡萄糖是唯一的办法，但英惠身上已经没有一处能扎针的地方了。主治医生说，最后的方法只有注射肩膀处连接的大动脉，但这是非常危险的手术，必须转到一般的综合医院才能做。他们之前也尝试过几次从鼻孔插入胃管的方法，但英惠紧闭着喉咙，所以始终没有成功。也就是说，如果今天再不成功的话，这家医院就要放弃英惠了。

三个月前，在树林里找到英惠以后，她在原定的探病日来到院务科，得知主治医师想见自己一面。自从英惠刚住院时见过他一次，之后便再也没见过他了，所以这多少让她感到紧张不安。

"……因为我们知道她看到菜里有肉就会出现不安，所以

送餐时，都会很小心。现在到了吃饭时间，她也不到大厅来
了。把餐盘送到病房，她也不肯吃。她这样已经四天了，而且
出现了脱水现象。给她打点滴也会剧烈反抗……我们怀疑她没
有按时吃药。"

　　医生怀疑英惠住院以来没有吃下那些处方药，他甚至自责
起来，由于患者刚住院时的病情略有起色，所以自己也有些掉
以轻心。那天早上，护士要检查英惠是否吞下了药，但她始终
不配合。于是护士强行扒开了她的嘴巴，然后用手电筒一照，
这才发现了那些藏在舌头底下的药。

　　那天，英惠躺在床上，手背上打着点滴。她问英惠：

　　"为什么这么做？你跑去漆黑的树林里做什么？你不冷
吗？万一大病一场可怎么办？"

　　英惠的脸急剧消瘦，没有梳理的头发就跟海草一样蓬乱。

　　"你得吃饭啊。就算不吃肉，可怎么连其他东西也不吃
了呢？"

　　英惠轻轻地动了一下嘴："我渴，给我水。"她赶快到大厅
接了一杯水来，英惠喝完水，气喘吁吁地问：

　　"姐，你见过医生了吗？"

　　"嗯，见过了。你为什么不吃……"

　　英惠打断她的话。

　　"医生是不是说我的内脏都退化了？"

她无言以对，英惠把消瘦的脸凑了过来。

"姐，我现在不是动物了。"

英惠就像在讲重大的机密一样，环视着空无一人的病房继续说道：

"我不用再吃饭了，只要有阳光，我就能活下去。"

"你胡说什么呢？你真以为自己变成树了吗？那植物怎么能开口讲话，怎么会有思考？"

英惠的眼中闪过一道光，脸上绽放着不可思议的笑容。

"姐姐说的没错……很快，我就不用讲话和思考了。"

英惠发出呵呵的笑声，接着喘起了粗气。

"真的很快，再等我一下，姐姐。"

* * *

时间流逝。

医生给她的三十分钟并不长。不知从何时开始，窗外的雨变小了。从挂在窗户蚊帐上的雨滴可以看出，雨似乎停了。

她坐在床头的椅子上，打开包从里面取出大大小小的保鲜盒。她望着英惠呆滞的眼神，打开了最小的保鲜盒，顿时一股清香在充斥着湿气的病房里弥漫开来。

"英惠啊，这是桃子，你最喜欢的黄桃罐头。夏天产桃子的时候，你不是也跟小孩一样爱买这个吃吗？"

她用叉子叉了一块软乎乎的桃子，送到英惠的鼻子下面。

"你闻闻……不想吃吗？"

第二个保鲜盒里装着块状的西瓜。

"还记得小时候，每次我把西瓜切成两半，你就会跑过来要闻一闻。有的西瓜刚一下刀就裂开了，那股甜味很快就在家里散开了。"

英惠丝毫没有反应。如果人挨饿三个月，就会变成这样吗？怎么连头都变小了。英惠的脸，已经小到看不出是成年人的脸了。

她小心翼翼地用西瓜碰了一下英惠的嘴唇，然后试着用手指扒开妹妹的嘴唇，但英惠依旧紧闭着嘴巴。

"……英惠啊。"

她小声唤了一下。

"你倒是说句话啊。"

她压抑着想要摇晃妹妹肩膀、扒开她的嘴巴的冲动。她恨不得贴在英惠的耳边大喊大叫，哪怕是震破她的耳膜。"你这是做什么？听不到我讲话吗？你想死？真的不想活了吗？"她茫然地感受着自己体内像是炙热的泡沫在沸腾着愤怒。

时间流逝。

她转过头看向窗外，看来雨真的停了。但天空还是阴沉沉的，被雨淋湿的树木仍保持着沉默。透过三楼病房的窗户，祝圣山郁郁葱葱的休养林尽收眼底，就连山脚下的那一大片树林也在保持着沉默。

她从包里取出保温瓶，把木瓜茶倒进准备好的不锈钢杯里。

"英惠，喝一口吧，泡得很入味呢。"

她自己先喝了一口，舌尖上的余味散发出甘甜的香气。她把茶倒在手帕上，然后润湿了英惠的嘴唇。但英惠还是毫无反应。

她开口说：

"你想这么死掉吗？你不想吧，你不是说要成为树吗？那得吃东西啊，必须得活下去啊。"

话说到一半，她突然屏住了呼吸。因为一种不想认可的怀疑涌上了心头。难道是自己理解错了吗？英惠是不是从一开始就想寻死呢？

不会的，你不是想寻死。她在心底默念着。

在英惠彻底不肯开口讲话以前，也就是一个月前，她曾对姐姐说：

"姐，让我离开这里。"

那时的英惠已经瘦成了另外一个人，她有气无力，很难讲出一句完整的话，所以只能断断续续、喘着粗气说：

"他们总让我吃东西……我不想吃，可他们硬是逼着我吃。上次吃完我就吐了……昨天我刚吃完东西，他们就给我打安定剂。姐，我不想打那种针……你就让我出去吧。我讨厌待在这里。"

她握着英惠骨瘦如柴的手说：

"你现在连路都走不了，多亏打了点滴才能撑到现在……让你回家，你肯吃饭吗？你答应我肯吃饭的话，我就接你回家。"

那时，她注意到英惠眼中的光熄灭了。

"英惠，你倒是讲话啊，如果你肯答应姐姐……"

英惠转过头没有理她，跟着用极低的声音说道：

"……原来你也跟他们一样。"

"你这是什么话。我……"

"没有人能理解我……不管是医生，还是护士，他们都一样……他们根本不想理解我……他们只会给我吃药、打针。"

英惠的声音虽然缓慢、低沉，但却十分坚定，语气也冷静得令人惊讶。最终，她忍无可忍，歇斯底里地喊道：

"我这不是怕你死掉吗？！"

英惠转过头来，像看着陌生人一样看着她。片刻过后，英惠说了最后一句话：

"……我为什么不能死？"

＊　　＊　　＊

我为什么不能死？

面对这样的问题，她要如何回答呢？是不是应该暴跳如雷地质问她，怎么能讲出这种话？

很久以前，她和妹妹曾在山里迷了路。当时，九岁的英惠对她说，我们干脆不要回去了，但那时的她未能理解妹妹的用意。

"你胡说什么呢？天快黑了，我们得赶快找到下山的路。"

多年以后，她才理解了当时的英惠。父亲总是对英惠动粗，虽然英浩也偶尔挨打，但至少他还能靠欺负街坊邻居家的小孩发泄一下情绪。因为身为长女的她要代替终日辛劳的母亲给父亲煮醒酒汤，所以父亲对她多少会收敛一些。然而温顺且固执的英惠却不懂看父亲的脸色行事，只能默默承受这一切。但如今她明白了，那时身为长女所做的一切并不是因为早熟，而是出于卑怯，那仅仅是一种求生的生存方式罢了。

难道说自己无法阻止吗？阻止那些无人知晓的东西渗透进英惠的骨髓。她始终没有忘记，夜幕降临后，英惠总是一个人站在大门口的孤独背影。那天，她们走到山对面，拦到了一辆开往村子的犁地机。黄昏时分，犁地机驶在陌生的路上，虽然她安心地松了一口气，但英惠并不开心。一路上，英惠只是默默地望着暮色中的白杨树。

如果那天晚上真的像英惠说的那样离家出走的话，就能改变结局了吗？

那天的家庭聚餐，如果在父亲下手打英惠以前，她能死死地抓着父亲的胳膊不放的话，就能改变结局了吗？

英惠第一次带妹夫回家时，不知为什么那个面相冰冷的男人就没给她留下好印象。如果当初她反对这桩婚事的话，就能改变结局了吗？

她有时会潜心思考这些左右了英惠人生的变数，然而在英惠的人生棋盘上，无论她如何举棋不定，都只是徒劳无功，根本改变不了什么。但尽管如此，她还是无法停止思考。

如果她没有跟他结婚的话。

当她思考到这个问题时，脑袋迟钝得快要麻痹了。

她不确信自己是否爱他。明明在下意识里察觉到了这一点，但她还是嫁给了他。也许她是希望借此提高自己的身价？虽然他从事的行业没有经济来源，但她欣赏婆家人大多是教育者和医生的家庭氛围，她努力配合他的言谈举止、品位、口味和睡觉习惯。最初他们也跟普通的夫妻一样，会为了一些鸡毛蒜皮的小事争吵，但没过多久她便对一些事情死了心。但这样做真的只是为了他吗？共度的八年婚姻生活，正如他带给自己绝望一样，自己是不是也让他倍感挫败呢？

九个月前，在临近午夜十二点的时候，他打来一次电话。话筒里频繁传出投硬币的声响，她由此猜测他应该是在很远的地方。

"我很想智宇。"

那令人熟悉的低沉、紧张、故作淡定的声音，如同一把钝刀刺进了她的胸膛。

"……能让我跟儿子见一面吗？"

果然是他讲话的风格，他没说一句对不起，更没有恳求原谅，只是提到了孩子，就连英惠怎么样了也没问一句。

她知道他有多敏感，也知道他是一个自尊心容易受挫的人。她更加清楚的是，如果当下拒绝他的话，那么他就要等到很久以后才会再打来电话。

她明知道会这样，不，正因为知道会这样，所以她直接挂断了电话。

深夜的公共电话亭，破旧的运动鞋，褴褛的衣服，一脸绝望的中年男人。她摇了摇头，抹去了他在自己想象中的样子。但很快眼前又静静浮现出了他以鸟的姿势想要冲出英惠家阳台

栏杆的画面，他那么喜欢在自己的作品里加入翅膀，可当自己
最需要的时候，却没有飞起来。

　　她清晰地记得最后一次看到他的双眼，那张充满恐惧的脸
是如此陌生，那不再是自己想要尊敬的人的脸，不再是心甘情
愿去忍耐和照顾的人的脸。她终于醒悟到，自己所了解的他只
不过是一个影子罢了。

　　"我不认识你。"

　　她放下紧握的话筒，喃喃自语道。

　　没有必要原谅和恳求原谅，因为我不认识你。

　　听到电话再次响起，她直接拔掉了电话线。隔天一早，
她重新插好电话线，但正如预料的那样，他再也没打来过电
话了。

＊　　＊　　＊

　　时间继续流逝。

　　英惠闭上了眼睛。她是睡着了吗？她能闻到刚才那些水果
的味道吗？

　　她望着英惠凸起的颧骨、凹陷的眼窝和双颊。她感到自己
的呼吸在加速，于是起身走到窗边。暗灰色的天空渐渐转晴，
四周出现了阳光，祝圣山的树林终于找回了夏日应有的生机。

那天晚上发现英惠的地点，应该就是远处山坡的某一处。

英惠打着点滴，躺在床上说：

"我听到了声音，我听到有人在叫我，所以去了那里……但到了那里，声音消失了……所以我才站在那里等。"

"等什么？"

听到她这样问，英惠眼里顿时闪现出了光芒，她伸出没有打针的手一把抓住姐姐的手。那股握力的强度令她惊讶不已。

"融化在雨水里……一切融化在雨水里……我要融入土壤。只有这么做，我才能萌芽新生。"

熙珠激动的声音突然闯进了她的脑海。

"英惠怎么办，听说她会死掉。"

她的耳朵嗡嗡作响，就跟飞机一飞冲天时一样。

她也有一个无法向人倾诉的秘密，也许未来她也不会对任何人讲。

两年前的四月，也就是他拍下英惠的那年春天，她的阴道出血持续了将近一个月。不知道为什么，每次在洗被血浸湿的内裤时，她都会想起几个月前从英惠的手腕喷出的鲜血。她害怕去医院，所以一直拖着不肯就医。她担心如果是得了不治之症，那还有多少时日可活呢？一年？六个月？或者，只有三个月？那时，她首先回想起了与他共度的漫长岁月。那是一段没有喜悦与激情，彻底靠忍耐和关怀维持的时间，也是她自己选择的时间。

　　那天上午，她终于决定去生智宇的妇产科看病了。她站在往十里地铁站等待着迟迟不来的换乘地铁，遥望着车站对面临时搭建起的、破破烂烂的简易房屋和毫无人迹的空地上长满的野草，她突然觉得自己仿佛从未活在这个世界上一样。但这是事实，她从未真正地活过。有记忆以来，童年对她而言，不过是咬牙坚持过来的日子罢了。她确信自己是一个善良的人，这种确信促使她从来不给任何人添麻烦。她为人老实，任劳任怨，因此也取得了一定的成功。但不知道为什么，面对眼前颓废的建筑和杂乱无章的野草，她竟变成了一个从未活过的孩子。

　　她隐藏起紧张和羞耻心，躺在了检查床上，中年男医生把冰冷的腹腔镜插入她的阴道，然后切除了像舌头一样黏在阴道壁上的息肉。刺痛使得她不由自主地扭动起了身体。

　　"原来是息肉引起的出血。现在已经都摘除干净了，未来几天的出血量会变多，但过几天就会止住了。卵巢没有异常，您大可放心。"

　　那瞬间，她感受到了意外的痛苦。活下来的时间无限地延长了，但这一点也没有让她觉得开心。过去一个月里忧心忡忡的不治之症，竟然只是一个无谓的小烦恼。回家的路上，她站在往十里的站台上，感觉到双腿发软，不仅仅是因为刚才手术部位的疼痛。就在这时，伴随着一阵轰鸣声地铁驶向站台，她倒退几步躲在了铁质座椅的后面。她很害怕，因为内心总觉得有一个人正要把自己推下站台。

她该如何解释那天之后所经历的四个多月时间呢？出血又持续了两周，直到伤口愈合后才停止。但她始终觉得体内存在着伤口，而且那个深不见底的伤口仿佛比身体还要大，就要把自己彻底吞噬了一样。

她默默期待着春去夏来。来买化妆品的女生穿着越来越华丽，越来越单薄了。她跟往常一样笑脸迎客，热情地推荐产品，适当地打些折扣，大方地送客人试用品和赠品。她会把新产品的海报贴在醒目的位置，并且毫无差池地更换顾客评价差的美容师。但是，等到晚上把店交给店员，自己要去接智宇的时候，她就会像一座死气沉沉的孤坟。即使走在充溢着音乐和情侣的街道，她也始终觉得那个深不见底的伤口正在张着大嘴要把自己吞噬掉。她拖着汗流浃背的身体，穿过人潮拥挤的街道。

闷热的夏天早晚开始转凉了。经常连续数日不回家的他，在某天凌晨跟做贼似的抱住了她，但她推开了他。

"我累了，真的很累。"

但他低声说：

"你就忍一下。"

她记得那时发生的一切。她在似睡非睡的状态下听到过无数次这样的话，所以她觉得只要熬过那一刻，就能换回几日的宁静，而且假装昏睡可以抹去痛苦与耻辱。一觉醒来，吃早餐的时候，她总是冒出想用筷子戳自己眼睛的冲动，或是把茶壶里的开水浇在自己的头顶。

他入睡后，卧室里变得静悄悄的。她把侧躺着的孩子放平，黑暗中，她依稀发现这对父子的侧脸相似处竟然少得可怜。

事实上，生活没有出现任何问题。就像现在一样，未来也会这样生活下去的。因为除此以外，她别无选择。

睡意已经消失得无影无踪，取而代之的是压迫着颈部的疲惫感。她觉得全身上下的水分已经蒸发掉了，干燥的肉体变得摇摇欲坠。

她走出卧室，望向阳台漆黑的窗户，昨晚智宇玩过的玩具、沙发、电视、厨房的橱柜和煤气灶的油渍。她就跟初次到访的客人一样环顾着四周。突然胸口一阵莫名的痛楚，那种压迫感犹如房子在缩小，渐渐挤压着自己的身体。

她打开衣柜的门，拿出那件在智宇吃奶时期她就很喜欢的紫色棉 T 恤。由于她在家的时候经常穿那件衣服，所以已经洗得褪了色。她只要觉得身体不舒服，就会找出那件 T 恤来穿，不管洗了多少次，还是能闻到上面给人带来安全感的奶味儿和婴儿的气息。但这次却丝毫没有效果，胸痛反倒越来越严重了。她感到呼气困难，只能不停地做着深呼吸。

她斜坐在沙发上，试图盯着转动的秒针来稳定呼吸。但这也不过是徒劳，她突然意识到，自己仿佛经历了无数次这样的瞬间。这种对于痛苦的确信似乎存在已久，它就像等待着时机一样在此刻显现在了她的面前。

所有的一切都毫无意义。

再也无法忍受了。

再也过不下去了。

不想再过下去了。

她再次环视房间里的物品，那些东西都不是她的，正如她的人生也不属于她自己一样。

那个春天的午后，当她站在地铁站台误以为自己的生命只剩下几个月时，当体内不断流出的鲜血证明着死亡正在逼近时，她其实已经明白了。她知道自己在很早以前就已死去，现在不过跟幽灵一样，孤独的人生也不过是一场戏。死神站在她身旁，那张脸竟然跟时隔多年再次重逢的亲戚一样熟悉。

她浑身颤抖，打寒战似的站了起来，然后朝放有玩具的房间走去。她摘下上个礼拜每天晚上跟智宇一起组装的吊饰，解开绑在上面的绳子。因为绑得很紧，指尖略感疼痛，但她还是

忍耐着解到了最后一个死结。她把装饰用的星星彩纸和透明纸
一张一张整齐地收好放进了篮子里,然后把解下来的绳子卷成
一团揣进了裤兜。

她赤脚穿上凉鞋,推开笨重的玄关门走了出去,沿着五楼
的楼梯一直走到外面。此时的天还没亮,只见四周的高楼公寓
只有两户人家亮了灯。她一直走,穿过社区后门来到后山,然
后一直朝阴暗、狭窄的山路走去。

黎明破晓前的黑暗把后山衬托得比以往更加幽深。这个
时间,就连那些平日起早上山打泉水的老人都还没有起床。她
垂着头,一边走一边用手擦拭着不知是被汗水还是眼泪润湿的
脸。她感受到了一股仿佛要吞噬掉自己的痛苦和剧烈的恐惧,
以及从痛苦与恐惧中渗透出的、匪夷所思的宁静。

*   *   *

时间没有停止。

她回到椅子上,打开了最后一个保鲜盒。她抓起英惠硬邦
邦的手,让她触摸李子光滑的果皮,然后把那骨瘦如柴的手指
圈起来,让她握住一颗李子。

她没有忘记英惠也很喜欢吃李子。记得小时候有一次,英
惠把整颗李子含在嘴里转来转去,说自己很喜欢李子的触感。

但此时的英惠丝毫没有反应，她察觉到英惠的指甲已经薄得和纸一样了。

"英惠啊。"

她干涩的声音回荡在寂静的病房里。没有任何回应。她把脸凑近英惠的脸，就在那一刹那，英惠奇迹般地睁开了眼睛。

"英惠啊。"

她盯着英惠空洞的瞳孔，但黑色的瞳孔上只映出了自己的脸。一时间的失望使她彻底泄了气。

"……你疯了吗？你真的疯了吗？"

她终于说出了过去几年来自己始终不愿相信的问题。

"……你真的疯了吗？"

莫名的恐惧油然而生，她慢慢地退回到椅子上。病房里一片寂静，连呼吸的声音也听不到，她的耳朵仿佛被吸满了水的棉花塞住了一样。

"也许……"

她打破沉默，喃喃道：

"……比想象中简单。"

她迟疑片刻，欲言又止。

"她疯了，我的意思是……"

她没有继续说下去，而是把食指放在了英惠的人中上，微弱且温暖的鼻息有规律地触动着她的手指。她的嘴唇微微地颤抖了一下。

　　当下她所经历的、不为人知的痛苦与失眠，正是英惠在很早以前所经历的一个阶段。难道说，英惠已经步入了下一个阶段？所以她才会在某一个瞬间，彻底放弃了求生的欲望？在过去失眠的三个月里，她总是胡思乱想，假如不是智宇，不是孩子赋予自己的责任，也许自己也会放弃的。

　　唯有开怀大笑可以奇迹般地止住痛苦。儿子的一句话，或是一个动作都会逗笑她，也会让她突然愣住。有时，她不敢相信自己在笑，所以会故意笑得更大声。每当这时，她发出的笑声与其说是快乐，不如说更接近于混乱。但智宇喜欢她笑起来的样子。

　　"这样？这样做妈妈会笑吗？"

　　只要看到她笑，智宇便会一再重复刚才的动作。比如：噘起小嘴，把手放在额头上比作犄角；故意摔倒；把脸夹在两条腿之间，用滑稽的语调叫喊"妈妈，妈妈"。她笑得越大声，孩子的动作越是夸张，最后还会把全部好笑的动作都重复一遍。面对孩子的这种努力，她感到很内疚。智宇不会知道妈妈的笑声最后变成了哽咽。

　　笑到最后，她突然觉得活着是一件很令人诧异的事。人不管经历了什么，哪怕是再惨不忍睹的事，也还是会照样活下去，有时还能畅怀大笑。每当想到或许他也过着同样的生活时，早已遗忘的怜悯之情便会像睡意一样无声地来临。

　　然而，当孩子散发着甘甜香气的身体躺在身边，天真无邪的脸蛋进入梦乡后，夜晚也会如期而至。

　　天还没亮的凌晨，距离智宇醒来还有三四个小时。在这段时间里，感受不到任何生命的气息，时间如同永恒一样漫长，就像沼泽一样深不见底。闭上眼睛蜷缩在浴缸里，可以感受到黑压压的树林迎面而来。黑色的雨柱像长枪一样射向英惠的身体，干瘦的双脚深陷在泥土之中。她拼命摇头想要驱赶脑海中的画面，但盛夏的树木却跟巨大的绿色花火一样绽放在了眼前。这难道就是英惠说过的幻想吗？正如无情的大海一样，数不尽的树木变成了波涛汹涌的树海带着熊熊烈火包围住了她疲惫不堪的身体。城市、小镇和道路变成了大大小小的岛屿和桥梁漂浮在树海之上，在那股热浪的推动下缓缓地漂向了远方。

　　她不得而知，那热浪代表着什么，也不清楚那天凌晨在狭窄的山路尽头，看到的那些屹立在微弱光亮之中的、如同绿色火焰般的树木又在倾诉着什么。

　　那绝不是温暖的言语，更不是安慰和鼓励人心的话。相反，那是一句冷酷无情、令人恐惧的生命之语。不管她怎么环顾四周，都找寻不到那棵可以接纳自己生命的大树。没有一棵树愿意接受她，它们就像一群活生生的巨兽，顽强而森严地守在原地。

时间不会停止。

她盖上所有保鲜盒的盖子，然后把保温瓶和保鲜盒依序放回包里，最后拉上拉链。

隔着眼前这具空壳般的肉体，英惠的灵魂到底进入了哪一个阶段呢？她回想起了英惠倒立时的样子。难道在英惠看来，那不是水泥地面，而是树林中的某一个地方？难道英惠身上真的长出了坚韧的树枝，手掌生出的白嫩树根正紧握着黑土？双腿伸向空中，那双手是否在地核延伸开了呢？英惠的细腰可以支撑住来自上下两边的力量吗？当阳光贯通英惠的身体，地下涌出的水逆流而上灌充她的身体时，她的胯下真的会开出花朵吗？当英惠倒立舒展身体时，她的灵魂深处真的在发生这一切吗？

"可是，这算什么！"

她出声地说。

"你正在走向死亡啊！"

她的声音越来越大。

"你这只是躺在床上等死啊！"

她咬紧嘴唇，牙齿的力度大到依稀出现了血痕。她恨不得一把捧起英惠麻木的脸、用力摇晃和捶打她如同空壳般的身体。

现在，时间所剩不多了。

她背上包，移开椅子，弯着腰走出了病房。她回头看了一眼身体僵硬的英惠躺在床上，然后更用力地咬紧牙关，迈步朝大厅走去。

*   *   *

短发的护士坐到大厅的桌子前，手里提着小小的塑料篮子，篮子里装着各种各样的指甲刀。患者们排队领取指甲刀，每个人的喜好不同，所以挑选指甲刀用了很长的时间。大厅的另一侧，绑着头发的助理护士正在依序帮患者剪指甲。

她静静地站在那里望着眼前的光景。尖锐和线状的东西会对患者造成危险，院方不仅担心这些东西会伤到别人，也为了避免患者自残，所以住院前会没收下这些东西。她望着这些为了在限定时间内交还指甲刀，而埋头修剪指甲的患者。墙上的钟表已经走到了下午两点五分。

一个身穿白大褂的身影从玻璃门一晃而过，大厅的门开了。原来是英惠的主治医生，他转过身熟练地锁上了门。跟所有大医院一样，精神科专家的权威似乎显得尤为特别，这可能与病人都囚禁在医院有关。患者们就像看到了救世主一样，蜂拥而至包围了他。

"医生，请等一下。您给我老婆打电话了吗？只要您跟她说一句我可以出院……"中年男人把事先准备好的字条塞进了白大褂的口袋。

"这是我老婆的号码，求您打一个电话……"

这时，一个貌似失智症的老人打断了中年男人，插话说道：

"医生，请给我换种药吧。我这耳朵……总是嗡嗡作响。"

老人的话音刚落，那个患有被害妄想症的女患者走上前，大喊道：

"医生，我们能谈谈吗？那个人总动手打我，这让我怎么活啊？你怎么回事？干吗踢我？有话好好说啊！"

医生露出职业性的微笑，哄着那个女患者说：

"我什么时候踢你了？你先等一下，我先处理一下他的问题。你是从什么时候开始出现耳鸣的？"

女人等在一旁的时候，一直咚咚跺着脚。她皱起眉头的脸比起流露出蛮横，更多的则是凄惨与不安。

这时，大厅的门再次打开，一位初次见到的医生走了进来。

"他是内科医生。"

熙珠不知何时来到了她身边。原来每所精神病院都有一名常驻的内科医生。或许是因为他长着一张娃娃脸，所以看起来十分年轻。他的表情冷漠，但感觉是一个才智出众的人。这时，英惠的主治医生摆脱患者的层层包围，发出踢踏的脚步声朝她走了过来。她不由自主地往后退了一步。

"你们谈过了吗？"

"……我觉得，她好像失去了意识。"

"表面上看是这样的，但她所有的肌肉还处在紧绷的状态。她不是失去了意识，而是把意识集中在了某一处。如果您看到她做出激烈反抗的话，就会明白我的意思了。"

医生的态度很认真，同时也显得有些紧张。

"等一下插管的时候，家属守在一旁会很痛苦。如果您觉得在场不方便的话，可以到外面等。"

"知道了。但……"

她回答道。

"应该没有问题的。"

护工把拼命挣扎的英惠扛在肩上，穿过走廊，走进了空无一人的双人病房。她也跟随医护人员走了进去。正如医生所说，英惠的意识很清醒，她扭动着身体做出反抗，简直让人不敢相信她就是刚才一动不动躺着的那个人。模糊不清的吼声从英惠的嗓子眼儿里蹿了出来。

"……放开！……放开我！"

　　护士和助理护士冲上前，把奋力挣扎的英惠压在床上，然后绑住了她的双手和双脚。

　　"请您出去。"

　　看到她犹豫不决地站在原地，护士长对她说：

　　"家属看了会受不了的，您还是出去等吧。"

　　瞬间，英惠的目光转向了她，那双眼睛闪烁着光芒，叫喊声也随之越来越响亮了。英惠不断发出没有音节的嘶吼，四肢用力挣脱着捆绑，就像要朝她扑过来一样。她下意识地走到英惠身边，只见英惠皮包骨的四肢在扭动，口吐着白沫。

　　"不……要……！"

　　英惠终于喊出了清晰的音节，那是禽兽一样的嘶吼。

　　"不……要……！不要……吃……！"

　　她用双手捧起英惠抽搐的脸。

　　"英惠，英惠啊！"

　　英惠充满恐惧的眼神划破了她的瞳孔。

　　"请出去，您在这里反倒碍事。"

　　护工架住她的胳膊一把拉起了她，还没来得及反应，她便被拖出了门外。站在门外的护士拽着她的胳膊说：

　　"请您在这里等。患者看到您，情绪变得更激动了。"

　　英惠的主治医生戴好手套，接过护士长递上的胃管，然后在上面均匀地涂抹好润滑剂。在此期间，护工竭尽全力地用双手固定住英惠的脸。看到朝自己逼近的胃管，英惠的脸涨得通红，她拼命摇头想要挣脱护工的大手。正如护工所言，真不知道英惠哪儿来的这么大力气。她下意识地往前迈了一步，护士再次制止了她。护工强有力的大手固定住英惠凹陷的双颊后，主治医生趁机把胃管插进了她的鼻孔。

"该死，又堵住了！"

主治医生叹息般地喊道。英惠张开嘴巴用喉头肌堵住了食道，胃管被挤了出来。内科医生手持装有米汤的注射器，皱着眉头站在一旁，主治医生无奈地拔出了胃管。

"来，再试一次，这次动作要更快。"

他重新在管子上涂抹好润滑剂，体格强壮的护工再次固定住英惠不断挣扎的脸。胃管插入了英惠的鼻孔。

"好了，这下成功了。"

主治医生发出短促的叹息声。内科医生敏捷地用注射器往胃管里推送米汤。用力拽着她手臂的护士轻声说：

"好了，成功了。接下来会让她睡觉，不然她会吐出来。"

但就在护士长拿起镇静剂注射器的瞬间，助理护士发出了尖叫声。她甩开护士的手，冲进了病房。

"让开，都让开！"

她推开主治医生的肩膀，来到英惠面前。手握胃管的助理护士满脸是血，只见鲜血正从胃管和英惠的嘴里喷涌而出。手持注射器的内科医生倒退了几步。

"快把它拔出来，快把这根管子拔出来！"

她不由自主地叫喊着，护工上前抓住她的肩膀把她拖了出去。在此期间，主治医生从挣扎的英惠的鼻子里拔出了胃管。

"冷静下，不要动！不要动！"

主治医生冲着英惠大喊道。

"镇静剂！"

护士长把注射器递给医生。

"不要……！"

她发出歇斯底里的哭喊声。

"住手！快停下来！你们快住手！"

她咬了护工的手臂一口，再次冲到床边。

"搞什么！"

护工嘴里飙出了脏话和呻吟声。她冲过去一把抱住了英惠，大口大口的热血浸湿了她的衬衫。

"求求你们住手，住手吧……"

她抓住护士长的手腕，一切随之安静了下来。英惠的身体在她的怀里抽搐着。

*   *   *

医生的白大褂上溅满了英惠的血，她愣愣地望着那些会让人联想到巨大旋涡的血痕。

"必须马上转院，赶快去首尔的大医院。治疗好胃出血的问题以后，好在那家医院做颈部大动脉注射蛋白质的手术。虽然这也不是长久之计，但为了延长生命，也只有这一个办法了。"

她把刚打印出来的转院单放进包里，走出护士站。她走进厕所，瞬间双腿发软，瘫坐在了马桶前。她静静地呕吐了起来，喝下去的茶和黄色的胃液都吐了出来。

"你这个傻瓜。"

她站在洗手台前，一边洗脸，一边用颤抖的嘴唇重复着相同的话。

"你能伤害的也只有自己的身体。这是你唯一可以随心所欲做的事。可现在，你连这也做不到了。"

她抬起头，看着镜子里那张湿漉漉的脸，以及那双无数次在梦中流着血的、不管怎么擦也擦不干净的眼睛。此时，镜子里的女人没有哭，她跟往常一样不显露任何感情地望着自己。她怎么也不敢相信，刚才那震耳欲聋的哭喊声竟然是自己发出来的。

　　她就像喝醉了一样，迈着摇晃的步子走在走廊里。她努力保持平衡朝大厅走去，一抹阳光照了进来，使原本阴沉的大厅顿时变得明亮了。那是久违了的阳光。对光线敏感的患者做出了反应，大家纷纷起身走到窗边。唯有一个穿着便服的女人与人群背道而驰，朝自己走了过来。她眯起眼睛，努力在眩晕中识别着女人的脸。原来是熙珠，她可能刚才哭过，所以眼睛红肿得厉害。熙珠原本就这么重感情吗？还是说她是一个情绪起伏严重的患者？

　　"怎么办？英惠现在就要走了……"

　　她握住熙珠的手。

　　"这些日子，谢谢你了。"

　　面对眼前正在哭泣的熙珠，她突然产生了伸出双手拥抱她的念头，但她并没有这么做。她转过头看向那些望着窗外的患者，那些失魂落魄的人正在渴望着窗外的世界。他们都是被囚禁于此的人，熙珠是这样，英惠也是这样。她之所以无法拥抱熙珠，是因为把英惠关进这里的人正是自己。

　　东边走廊传来急促的脚步声，两名护工抬着载有英惠的担架迅速走了过来。刚才助理护士和她快速帮英惠清洗了身体，换了一套衣服。英惠紧闭着双眼，那张干净的脸蛋儿就跟刚洗完澡进入梦乡的孩子一样。她转过头去，不忍看到熙珠为了最后与英惠道别而握住她皮包骨的手。

*　　*　　*

透过救护车的前车窗，夏天郁郁葱葱的树林尽收眼底。午后雨过天晴的阳光下，被雨淋湿的树叶重获新生似的发着亮光。

她把英惠尚未干透的头发撩到耳后。就像熙珠说的那样，英惠的身体就跟孩子一样太轻了，覆盖着汗毛的皮肤白皙光滑。当她用香皂帮英惠擦洗脊椎骨骨节凸起的后背时，不禁回想起了小时候姐妹俩经常一起洗澡的场景，以及那些互相搓背、洗头的夜晚。

她抚摩着英惠纤细无力的头发，感觉像回到了从前一样。当她发觉英惠与还在襁褓之中的智宇很像时，仿佛一只小手掠了一下她的眉毛，顿时让她陷入了茫然。

她从包里取出关了一整天的手机，拨打了邻居家的电话。

"我是智宇的妈妈……亲戚住院了，我在医院……嗯，事发突然……不，五点五十分的时候，幼儿园的车会到社区门口……是，基本上都会很准时……我不会太晚的，太晚的话，我就把智宇带到医院来。怎么能让他睡在您那里……太感谢了……您有我的电话吧？……我等一下再打给您。"

挂断电话后，她才意识到自己已经很久没有把孩子托付给别人了。自从他离开家以后，她一直遵守着无论如何晚上和周末都要抽时间陪孩子的原则。

她的额头上出现了深深的皱纹，睡意来袭，于是她把背靠在了车窗上。她闭上眼睛，陷入了沉思。

智宇很快会长大，很快会识字，也会接触到很多人。她不知道有一天要如何跟儿子解释那些以讹传讹、最终会传进耳朵里的话。虽然智宇生性敏感、体弱多病，但至今为止还是一个很开朗的孩子。她不知道自己是否能一直守护这样的智宇！

对她而言，两个人赤裸着身体，如同藤蔓一般缠绵的画面无比震撼。但奇怪的是，随着时间的推移，她觉得色情的意味淡出了那些画面。他们的身体遍布着花朵、绿叶和根茎，这让她感受到了某种非人类的陌生感，他们的肢体动作仿佛是为了从人体中解脱出来一样。他是以怎样的心情拍摄下影片的呢？难道他赌上自己的一切，只是为了拍摄这种微妙且荒凉的画面，然后最终失去一切吗？

"……妈妈的照片被风吹走了。我抬头一看，嗯，有一只鸟在飞。那只鸟对我说'我是妈妈……'嗯，鸟的身上长出了两只手。"

很久以前，还不太会讲话的智宇睁着蒙眬的睡眼对她说。她被孩子只有在欲哭时才展露的、模糊的微笑吓到了。

"怎么了，做了一个难过的梦吗？"

智宇躺在被窝里，用小拳头揉起了眼睛。

"那只鸟长得什么样啊？是什么颜色的？"

"白色……嗯，长得很漂亮。"

孩子深吸一口气，然后一头栽进了她的怀里。孩子的哭声让她感到不知所措，就跟智宇拼命逗自己开心时一样。孩子没有要求她做什么，也不是在请求帮助，他只是感到很难过，所以才会哭泣。她哄着孩子说：

"原来，那是一只鸟妈妈啊。"

智宇把脸埋在她的怀里，点了点头。她用双手捧起孩子的小脸。

"你瞧，妈妈不是在这里吗？妈妈没有变成白色的鸟啊！"

智宇哭得跟湿漉漉的小狗一样，脸上隐隐露出了笑。

"……你瞧，这只是一场梦而已。"

真的是这样吗？那一刻，她屏住呼吸扪心自问，这真的只是一场梦而已吗？真的只是一个偶然的巧合吗？因为事情正是发生在她穿着褪了色的紫色棉T恤爬上后山又在冥冥之中退缩回来的那个清晨。

"这只是一场梦。"

每当想起那天智宇的小脸，她都会这样大声告诉自己。她被自己的声音吓到，立刻瞪大眼睛，惊慌地看向周围。救护车依旧沿着倾斜的公路快速地往山下开去。她用手撩了一下已经很久没有打理过的头发，那只手颤抖得十分明显。

　　她无法解释自己怎么会轻易放弃孩子，正因为这是连自己都无法理解的残忍、不负责任的罪过，所以她不能对任何人讲，更无法求得任何人的原谅。她至今还能感受到那种真实的恐怖。如果丈夫和英惠没有冲破那道防线，一切没有像沙堆一样坍塌的话，也许倒下去的那个人会是自己。她知道，如果现在倒下去的话，那就再也站不起来了，难道说今天英惠吐出的血，不是从她的内心喷涌而出的吗？

　　英惠发出呻吟声，似乎醒了过来。她担心英惠又会吐血，于是急忙把手帕放在了她嘴边。

　　"……呃。"

　　英惠没有吐血，而是睁开了眼睛。黑色的瞳孔直勾勾地望着她。有什么东西在那双眼睛的背后晃动着，那是某种恐惧、愤怒、痛苦，还是隐藏着她不曾知晓的地狱呢？

　　"英惠啊。"

　　她用干涩的声音呼唤着妹妹。

　　"……嗯，嗯。"

　　英惠不是在回应她，而是想要反抗似的转过头。她伸出颤抖的手，但立刻收了回来。

　　她咬紧嘴唇，因为突然回想起了那天凌晨下山的路。露珠浸湿了凉鞋，冰凉地渗进脚里。她没有掉一滴眼泪，因为无法理解，也不知道那滋润着心如死灰的身体、流淌在干枯血管中的冰冷水分到底意味着什么。一切只是静静地流进她的体内，渗进了她的骨髓。

“……这一切。”

她突然开口对英惠窃窃私语了起来。哐，救护车刚好开过一个坑，车体摇晃了一下。她双手用力地抓住英惠的肩膀。

“……说不定这是一场梦。”

她低下头，像被什么迷住了似的把嘴巴贴在英惠的耳边，一字一句地说道：

“在梦里，我们以为那就是全部。但你知道的，醒来后才发现那并不是全部……所以，有一天，当我们醒来的时候……”

救护车行驶在开出祝圣山的最后一个弯道上。她抬起头，看到一只像黑鸢的黑鸟正朝着乌云飞去。夏日的阳光刺眼，她的视线未能跟上那只扇动翅膀的黑鸟。

她安静地吸了一口气，紧盯着路边“熊熊燃烧”的树木，它们就像无数头站立起的野兽，散发着绿光。她的眼神幽暗而执着，像是在等待着回答，不，更像是在表达抗议。

作者的话

*   *   *

十年前的早春，我写了短篇小说《我女人的果实》。故事讲的是一个女人在公寓的阳台上变成了植物，然后生活在一起的丈夫把她种到了花盆里。我当时就在想总有一天会继续创作这个故事。虽然这本连载小说与我十年前预想的有所不同，但出发点还是那里。

从二〇〇二年的秋天到二〇〇五年的夏天，我完成了这三篇中长篇小说。虽然分开来看会觉得每一篇都是一个独立的故事，但放在一起的话，又会成为有别于独立时的另一个故事。这部长篇小说包含了我很想写的故事，如今我可以按照顺序把它们安放在各自的位置上了。

这很像打了一个长结的感觉。

＊　　＊　　＊

因为手指关节的痛症，《素食者》和《胎记》没有用电脑，而是手写完成的。个子高、眼神清澈的女同学 Y 帮我做了打字的工作，我在打印出来的稿子空白处进行修改，然后再请她打字。像这样反复的工作很需要耐性。

但很快我便知道，能用手写也是一件谢天谢地的事。在写满一张白纸前，手腕持续的疼痛使得我再也无法动笔了。购买语音识别电脑？定制触碰式自动键盘？我当时身心疲惫得已经欲哭无泪了。

就在我度过了自暴自弃的两年时间以后，突然想到了一个倒握圆珠笔敲打键盘的方法。等我熟练到弟弟说"你可以参加绝技表演了"的程度以后，便可以靠自己的力量独自进行创作了。《树火》就是这样完成的。

两年后的今天，幸运的是，我正在用十根手指敲笔记本的键盘写这篇文章。假如我的手又出现问题的话，我也不会像从前那么痛苦了。现在，我似乎稍稍明白了锻炼和感谢的意义。

＊　　＊　　＊

某个漆黑的夜晚，我在等公交车时无意间碰触到了路边的大树，树皮潮湿的触感就像冰冷的火一样烧伤了我的手心。心如冰块似的在出现一道道裂痕后，变得四分五裂了。不管怎样，我都无法否认两个生命的相遇，以及放手后各走各的路。

我要向

如今不再是学生的 Y，

协助我进行医院取材的人们，

为我讲解影像创作细节的人们，

给予我帮助的人们，

坚定地守护着我的人们，

创批出版社的编辑们，

俯首深表感谢。

二〇〇七年 秋

韩江

图书在版编目（CIP）数据

素食者 / (韩) 韩江著；胡椒筒译 . -- 成都：四
川文艺出版社，2021.9（2024.11 重印）
ISBN 978-7-5411-6086-8

Ⅰ . ①素… Ⅱ . ①韩… ②胡… Ⅲ . ①长篇小说—韩
国—现代 Ⅳ . ① I312.645

中国版本图书馆 CIP 数据核字 (2021) 第 141766 号

Copyright © Han Kang 2007

版权登记号：图进字 21-2021-224

SU SHI ZHE

素食者

[韩] 韩江　著

胡椒筒　译

出 品 人　冯　静
策划出品　磨铁图书
责任编辑　王梓画
责任校对　段　敏

出版发行　四川文艺出版社（成都市锦江区三色路 238 号）
网　　址　www.scwys.com
电　　话　010-82068999（发行部）　028-86361781（编辑部）

印　　刷　三河市中晟雅豪印务有限公司
成品尺寸　140mm×200mm　　开　本　32 开
印　　张　6.125　　　　　　　字　数　120 千
版　　次　2021 年 9 月第一版　印　次　2024 年 11 月第 14 次印刷
书　　号　ISBN 978-7-5411-6086-8
定　　价　52.80 元